古典詩歌研究彙刊

第三二輯

龔鵬程 主編

第 **8** 冊

陳與義近體詩之研究（上）

吳孟潔 著

國家圖書館出版品預行編目資料

陳與義近體詩之研究（上）／吳孟潔 著 -- 初版 -- 新北市：
花木蘭文化事業有限公司，2022〔民 111 〕
目 2+150 面；17×24 公分
（古典詩歌研究彙刊 第三二輯；第 8 冊）
ISBN 978-986-518-915-0（精裝）
1.CST：（宋）陳與義 2.CST：宋詩 3.CST：近體詩
4.CST：詩評
820.91   111009765

ISBN-978-986-518-915-0

9 789865 189150

古典詩歌研究彙刊
第三二輯 第八冊   ISBN：978-986-518-915-0

陳與義近體詩之研究（上）

作　　者　吳孟潔
主　　編　龔鵬程
總 編 輯　杜潔祥
副總編輯　楊嘉樂
編輯主任　許郁翎
編　　輯　張雅淋、潘玟靜、劉子瑄　美術編輯　陳逸婷
出　　版　花木蘭文化事業有限公司
發 行 人　高小娟
聯絡地址　235 新北市中和區中安街七二號十三樓
　　　　　電話：02-2923-1455 ／傳真：02-2923-1452
網　　址　http://www.huamulan.tw 信箱 service@huamulans.com
印　　刷　普羅文化出版廣告事業
初　　版　2022 年 9 月
定　　價　第三二輯共 11 冊（精裝）新台幣 22,000 元　　版權所有・請勿翻印

陳與義近體詩之研究（上）

吳孟潔 著

作者簡介

吳孟潔，女，新北市人。臺灣師範大學人類發展與家庭學系畢業，嘉義大學中文系研究所碩畢，現為國中國文科教師。

提　　要

　　本篇論文題目為「陳與義近體詩之研究」，論文內容旨在研究北宋詩人陳與義之近體詩詩歌作品，聚焦於探討陳與義近體詩之格律、體裁、聲韻特色、用韻情形、辭蘊內涵及藝術特色等相關層面，期盼對陳與義及其近體詩作有更深入之理解。受各時代之社會與環境的影響，使每朝之文體皆有不同的改變與發展，宋詩雖繼承於唐詩，卻能將其做出變化、差異，形成截然不同的風格及面貌，詩歌的範圍由情入理，從內容的思索至形式的考究，無論在內涵或意義上，都在宋代得到豐富的拓展，使宋詩在中國文學史上獨樹一幟；此外，北宋末年，政局動盪不安，飽嘗了戰亂的痛苦與艱辛，詩人往往將憂國憂民的強烈情感傾注於詩篇，本篇研究之北宋文人——陳與義，便是在此種文學環境、歷史背景下，創作出反映社會現況、抒發自身情感之詩作。故本篇論文將藉由剖析探討陳與義近體詩詩作，以期對陳與義近體詩詩作之寫作類別、格律用韻之傾向、詩歌辭蘊情感等作深入之研究，期許能提供從事相關領域之研究者具有價值的參考意見，亦能對宋代詩學之相關研究有所微薄貢獻。

目 次

第一章　緒　論

　　本篇論文主要研究對象為南北宋之文人──陳與義近體詩作品，論文內容將呈現陳與義家世背景及經歷，並擴展至其所處之時代背景，融合歷史、社會因素以探討其詩歌內容、聲韻特色及藝術風格等層面。具體而言，以陳與義之生平、環境為基礎，本篇論文將剖析陳與義近體詩之聲韻格律、精神價值、藝術筆法，且含括陳與義傾注於作品之思想、情感等為範疇，並將此目標化為論述結構，分門別類加以整理歸納。

第一節　研究動機與目的

　　自古以來，文人多以詩來歌頌吟詠。《毛詩・序》：「詩者，志之所之也。在心為志，發言為詩，情動於中而形於言。」〔註1〕自《詩經》、《楚辭》以降，詩無疑演變成各朝各代文人抒發自我內心情志之用途，而成為以「言志」為主體的抒情文學。〔註2〕然而受各時代之社會與環

〔註1〕參見（唐）孔穎達：《毛詩正義》，上海：上海古籍出版社，1990年12月，頁15。
〔註2〕意引葉珊、林衡哲：《陳世驤文存》，在第一章〈中國的抒情傳統〉中，其追溯《詩經》與《楚辭》為詩歌之源，並從詩歌發展的脈絡中看出中國詩學乃是承襲「詩言志」的概念，而此之為「抒情傳統」。臺北：志文出版社，1972年7月，頁31。

境的影響，使每朝之文體皆有不同的改變與發展，詩至唐而大盛，宋人的困境來自於唐詩已達難以超越的藝術高峰，也來自後人雙重標準的苛求：反對摹仿唐詩，卻又不滿異於唐詩。對於宋人來說，必須在繼承與創新之間尋找一個最佳平衡點。〔註3〕所幸「宋代文化精神在制約宋詩的意識指向方面發揮了巨大影響，使得宋詩人在理論上和實踐上都鮮明地體現出立異於唐詩的自覺。」〔註4〕使宋詩得以展現新面貌，詩歌的範圍由情入理，從內容的思索至形式的考究，無論在內涵或意義上，都在宋代得到豐富的拓展。〔註5〕

　　宋詩之所以在中國文學史上獨樹一幟，在於能求新、求變〔註6〕，若處處模仿唐詩，也僅是落入前朝之窠臼，豈會得到重視及欣賞呢？杜松柏闡述：

> 宋承唐後，變之異之，自樹壁壘，自成面目，而有以與唐人並立者，就其要者而言，昔人多謂唐詩主情，宋詩主理；唐人以詩為詩，主情韻，宋人以文為詩，主議論，各有獨造，遂各成佳勝，唐詩含蘊渾成，宋詩發越無餘，求臻極致也。詩必極天下之至精，而不期情韻之渾成，此宋詩大異唐人之處，重狀事，重理趣，重狀物，其內容亦有別異於唐詩者，宋詩之精實者在此。〔註7〕

由上述內容可知，宋詩雖繼承於唐詩，卻能將其做出變化、差異，形成截然不同的風格及面貌。大體而言，唐詩、宋詩各有其獨特性，因此兩者皆為具永恆價值之瑰寶，而宋詩偏重敘事、理趣、詠物，是與唐詩差異最大之處，亦為其精彩、傑出之所在。

〔註3〕 意引周裕鍇：《宋代詩學通論》，上海：上海古籍出版社，2007 年 12月，頁 163。

〔註4〕 參見周裕鍇：《宋代詩學通論》，頁 73。

〔註5〕 意引姚良柱：〈宋詩的成就和特色〉，《烏魯木齊成人教育學院學報》，第 3 期，1994 年 8 月，頁 17。

〔註6〕 意引姚良柱：〈宋詩的成就和特色〉，頁 18。

〔註7〕 杜松柏：〈宋代詩學述要〉，收錄於黃永武、張高評編著之《宋詩論文選輯》，高雄：復文出版社，1988 年 5 月，頁 114～115。

　　北宋末年，政局動盪不安，而靖康之難後，宋人自北方倉皇南渡，當時在空間上產生大幅度位移，而南北無論在地形、風俗或景物上，都有相當程度的差異。中國詩學之固有傳統是「情景相生」，然而，「同樣群體面對江南的氣候、景物，卻可能產生兩種不同情懷的書寫：一是讚頌眼前所見之江南勝景；一是由眼前景物引起國破家亡的慨歎或聯想，且此二種情感常被詩人融合於單首作品中呈現。」〔註8〕目睹了中原戰亂的社會現實，飽嘗了顛沛流離的痛苦與艱辛，詩人的眼界從個人生活擴大到國家社稷，並逐漸醞釀出「先天下之憂而憂，後天下之樂而樂」的精神，以天下安危為己任，將憂國憂民的強烈情感傾注於詩篇，以詩作表現渴望為國家貢獻的心情。

　　雖然士人急切地想為國家、為人民貢獻一己之力，但事與願違，此時政治鬥爭、黨派傾軋依然嚴重。時局動盪、環境險惡，士人們深感有志難伸、失望無奈，便紛紛隱身避世、遠離政壇，造成了南渡之後士人隱逸風氣逐漸興盛，也以隱逸詩人之宗──陶淵明為學習對象，創作許多隱逸相關之詩。〔註9〕白曉萍提出以下觀點：

　　　　一時之間，陶淵明成為了他們的至愛，成為他們在專制高壓
　　　　的政治文化背景下安頓心靈的最有效的精神資源。以「和
　　　　陶」、「擬陶」為主題的詩歌創作彷彿是雨後春筍般湧現出來。
　　　　不論是宦海失意的名公巨卿，還是普普通通的士人，都把陶
　　　　淵明視為自己隔代知音而予以頌揚。〔註10〕

陶淵明因政治黑暗而毅然辭官、隱世，此舉成為眾多後世失意文人模仿的典範，山林巖壑成為他們逃避政治迫害、保全身心安寧的有效途徑，希望可藉此不問世事，進而達到一種超然物我、自在灑脫的精神境界。

〔註8〕引自林姵君：《宋南渡詞人的汴都之思與臨安之情》，國立臺灣師範大學，國文學系研究所，碩士論文，2012年6月，頁1。
〔註9〕意引白曉萍：《宋南渡初期詩人群體研究》，浙江大學，中國古代文學系研究所，博士論文，2006年2月，頁28。
〔註10〕引自白曉萍：《宋南渡初期詩人群體研究》，頁29。

「與隱逸之風相伴而起的是士人群體的禪悅之風。」〔註11〕「禪宗為印度佛學與中國固有之傳統思想結合的產物，是最具中國特色且影響最大的一個佛教宗派。」〔註12〕身處在動亂流離的時代，生離死別頻繁發生，可想而知會造成心理莫大苦楚，因此，文人欲藉佛教義理來消解內心痛苦，以獲取短暫解脫。文人普遍具有內斂、喜好思考的性格，與禪學的玄趣特別容易契合。又因為與禪僧的來往，文人喜歡運用燈錄或語錄中的機智問答，以展現辯才、急智，形成宋代普遍的禪悅之風。〔註13〕針對此時禪宗對士人的影響，白曉萍表示：

> 這種禪悅之風，一方面為士人們提供了一個比較安定的場合
> 來談詩論藝，有利於士人們的詩歌創作，臨時的避難、容身
> 之所，反而成了士人們飲酒賦詩的契機。另一方面，寓居佛
> 寺也有助於提高士人們的理論修養。〔註14〕

在現實不如意之下，士人們需要尋求精神解脫，而禪宗正好是一劑良藥，成為抒發痛苦情緒的出口，也豐富了詩歌的創作。處於這樣的時代背景中，在政治環境、隱逸之風及禪宗文學的影響下，造就了許多具代表性的優秀詩人，陳與義即是其中之一。

陳與義（1090～1138），字去非，「自號簡齋居士，是宋詩大家之一。」〔註15〕「其先居京兆，自曾祖希亮始遷洛，故為洛人。」〔註16〕「二十四歲以太學上舍釋褐，被分到開德府做了幾年教授，回東京後又先後做了兩任教官。由於他的〈墨梅〉詩受到徽宗趙佶的賞識，由

〔註11〕 參見白曉萍：《宋南渡初期詩人群體研究》，頁 30。

〔註12〕 引自寧智鋒：〈簡論禪宗對陳與義的影響〉，《文藝評論》，第 1 期，2008年 7 月，頁 134。

〔註13〕 意引林湘華：《禪宗與宋代詩學理論》，臺北：文津出版社，2002 年 2月，頁 29。

〔註14〕 引自白曉萍：《宋南渡初期詩人群體研究》，頁 30～31。

〔註15〕 引自鄭騫：《陳簡齋詩集合校彙注》，臺北：聯經出版事業公司，1975年 10 月，頁 369。

〔註16〕 參見（元）脫脫等著，楊家駱主編：《新校本宋史并附編三種·列傳第二百四》，臺北：鼎文書局，1983 年 11 月三版，卷四四五，頁 13129。

太學博士、著作佐郎、司勳員外郎很快擢升到符璽郎。因宰相王黼得罪受到牽連，謫監陳留酒稅。」〔註17〕之後爆發了靖康之亂，宋政權南移，「他從陳留避地南奔，過了五年多的飄泊生活。流亡歷經豫、鄂、湘、粵、桂、閩等省區，於紹興元年（1131）到達會稽（今浙江紹興市）。在南宋時，歷任兵部侍郎、禮部侍郎等要職，紹興七年（1137）除左中大夫，參知政事。目睹朝廷的苟且偷安，排斥忠良，不到一年便數度上書引疾求去，不久便病死於湖州（今浙江湖州市），行年四十九歲。」〔註18〕

陳與義自小即展現才華，《宋史·文苑列傳七》：「與義天資卓偉，為兒時已能作文，致名譽，流輩斂衽，莫敢與抗。」〔註19〕可知其才華洋溢，幼童時期即嶄露鋒芒。陳與義詩歌成就甚高，諸多古籍、詩話皆加以推崇，據《宋史·文苑列傳七》所記載：

> 尤長於詩，體物寓興，清邃紆餘，高舉橫厲，上下陶、謝、韋、柳之間。嘗賦〈墨梅〉，徽宗嘉賞之，以是受知於上云。〔註20〕

《宋史》本傳記錄陳與義詩歌特色及地位，尤其〈墨梅〉一詩更得到宋徽宗的喜愛。又如羅大經《鶴林玉露》云：

> 自陳、黃之後，詩人無逾陳簡齋。其詩綠簡古而發濃纖，值靖康之亂，崎嶇流落，感時恨別，頗有一飯不忘君之意。〔註21〕

陳與義在陳師道、黃庭堅之後崛起，羅大經認為此時期的詩人中，以陳

〔註17〕 參見白敦仁：《陳與義年譜》，北京，中華書局，1983 年 3 月，〈前言〉，頁 1。

〔註18〕 參見周臘生：〈陳與義避亂鄂西北〉，《十堰職業技術學院學報》，第 15 卷第 2 期，2002 年 6 月，頁 50。

〔註19〕 參見（元）脫脫等著，楊家駱主編：《新校本宋史并附編三種·列傳第二百四》，卷四四五，頁 13129。

〔註20〕 （元）脫脫等著，楊家駱主編：《新校本宋史并附編三種·列傳第二百四》，卷四四五，頁 13130。

〔註21〕 （宋）羅大經：《鶴林玉露》，收於《景印文淵閣四庫全書》子部雜家類，第八六五冊，臺北：臺灣商務印書館，1983 年，卷六，頁 399。

與義最為傑出，詩歌具簡樸古風，亦兼具纖巧之美。遇靖康之亂後，遭逢流落逃亡，詩歌轉而具憂國憂民之情。紀昀亦云：

> 建炎以後，北宋詩人凋零殆盡，惟與義為文章宿老，巋然獨存，其詩雖源出豫章，而天分絕高，工於變化，風格迺上，思力沉摯，能卓然自闢蹊徑。〔註22〕

紀昀更認為建炎之後，惟陳與義創作不輟，且具絕高天分，創作時能變化自如，進而突破窠臼、自闢蹊徑，獨具風格。

由上述可知陳與義是位出類拔萃的詩人，然前人對於「陳與義是否屬於江西詩派？」此一論題多有爭議，始終未有定論，無法明確定義陳與義的宋詩派別歸屬，筆者亦未能獲取決定性的關鍵資料，因此針對陳與義的詩派問題，筆者暫且擱下不談，然而無法否認，陳與義的詩歌成就在兩宋詩人中佔有重要的一席之地。

陳與義唯一傳世的詩集為《簡齋集》，筆者翻閱、統計《簡齋集》內各類文體之數量後，得到詩歌總數為 626 首，其中近體詩合計 404 首，佔總數 65%。可以肯定地說，陳與義創作詩歌時，以近體詩為主，樂府詩、古體詩則佔少數。另外，近體詩對於平仄要求嚴格，而樂府詩、古體詩相對寬鬆許多，而近體詩因平仄限制而出現聲調起伏，如此便顯現出其中之聲韻美、音樂美，如同吾師 茂仁所言：「詩歌為詩人情志之所發，而編排聲調而具抑揚跌宕、長短舒徐之節奏韻律性，則為情感外顯之音樂美。因之唯有明瞭詩歌本具之音樂性，方能揭其感動人心之力量。」〔註23〕因此，透由研究陳與義近體詩之聲調抑揚、節奏韻律，可歸納出詩人常用之起式、聲調、押韻特色，並進一步探討聲韻與情感之聯結。許多前人研究集中於陳與義全部詩歌，然古詩、樂府及近體詩格律限制差異大，且近體詩更能展現聲韻特色，因

〔註22〕（清）紀昀：〈簡齋集序〉，收錄於嚴一萍輯《百部叢書集成聚珍版叢書》《簡齋集》，臺北：藝文印書館，1965 年，頁三左半。

〔註23〕引自陳茂仁：〈淺探吟顯近體詩音樂美之內因與外緣〉，《彰化師大國文學誌》，第二十五期，2012 年 12 月，頁 32。

此筆者欲聚焦於「近體詩」此文體，並以「陳與義近體詩之研究」為題進行研究。

經由以上所述，本篇論文研究目的如下：

一、探究陳與義之生平背景、交遊與文學成就

詳讀陳與義所著之詩集，爬梳其他與陳與義相關記載之文獻，並按照時間順序整理出詩人之生平背景、仕途經歷，再依照文獻資料、詩作中曾出現之姓名，了解詩人之交遊狀況，另外，從相關文獻中統整出陳與義之文學成就，以探究其文壇地位及影響力。

二、探究陳與義詩集流傳的版本與詩作數量

透過廣泛檢索與蒐集陳與義詩集版本，且配合前人研究及各版本校對資料，以求得到內容完整度最高、正確性最佳之本，並以此本做為研究底本。接著，大量收集陳與義近體詩作品，確定其詩作數量及內容完整無誤。

三、探討陳與義近體詩的格律、聲韻特色

本篇論文將研究範圍限縮於陳與義之近體詩，探討這些作品中的用韻情形、格律分布，且分析詩作中之聲韻特色，並結合詩人的生平經歷，以期歸納出陳與義近體詩中的情感呈現。

四、探討陳與義近體詩的主題類別與精神價值

將陳與義近體詩依照內容分門別類，以歸結出詩人創作時常用之題材，並進一步闡述陳與義詩中欲表達之思想、情感，最後，總括作品中的精神價值，期望對陳與義詩作有深入的了解。

五、探討陳與義近體詩之藝術特色

此部分將深入剖析陳與義近體詩中具有之修辭，或是特殊寫作手法，如數字、色彩，並將分析結果做一整理、論述，以求了解陳與義創作時常用之修辭，及認識作品中所具之文學藝術。

六、針對未來陳與義近體詩可延伸研究之處

研究完成後，總結出筆者於研究過程中發現之問題及盲點，或是

尚待探討之處，以提供未來的研究者發展與參考。

綜上所述，筆者將以「陳與義近體詩之研究」為題，第一章為緒論，簡介詩人陳與義，說明筆者之研究動機、研究範圍、研究方法及預期成果；第二章論述陳與義之生平背景，詳細闡述陳與義之一生經歷，除了生平外，亦說明陳與義之交遊狀況、文學成就；第三章探討陳與義近體詩之聲韻編排特色，此部分主要由格律、用韻、聲調三方面進行剖析，並統整詩人近體詩之聲韻特色；第四章提出陳與義近體詩之藝術價值，歸納詩作中出現之修辭及其他寫作特色；第五章將陳與義近體詩詳加分類，並說明其中的精神價值，從此章可窺見詩人之興趣、喜好及內心世界；第六章為結論，將研究成果作一總結，並提出尚可延伸之研究方向，以求能為相關研究領域貢獻棉薄之力。

第二節　研究範圍與義界

在進行本次研究之前，需先掌握陳與義詩文集的流傳狀況，並比較各版本間之差異、優缺，進一步揀選出最佳的研究底本，以求獲得最完善的研究成果。

陳與義詩集於逝世後四年才由其學生周葵將詩作收集成冊，並由葛勝仲作序。《丹陽集》：

> 紹興壬戌，毗陵周公葵自柱史牧吳興郡，剗裁豐暇，取公詩
> 離為若干卷，委僚屬讐校而命工刻板，且見屬為序。〔註24〕

《丹陽集》僅記載了周葵將陳與義詩集結成冊，卻無說明詩作數量。晁公武《郡齋讀書志》則有較清楚之記載：

> 周葵得其家所藏五百餘篇，刊行之，號《簡齋集》。〔註25〕

由上述可知，周葵所編之詩集為《簡齋集》的最早刻本，「周葵本

〔註24〕（宋）葛勝仲：《丹陽集》，收於嚴一萍輯《原刻景印叢書集成》第三編，臺北：藝文印書館，1971年，卷八，頁五右半～頁五左半。

〔註25〕（宋）晁公武：《郡齋讀書志》，臺北：商務印書館，1978年1月，卷四下，頁488。

是十卷本，但各代書目皆不載十卷本的《簡齋集》」〔註26〕可惜周葵本早已不傳。而後宋人胡穉、劉辰翁替《簡齋集》下箋注，為《簡齋集》版本保存及流傳的貢獻甚大！其他版本概況如下〔註27〕：

表格一：《簡齋集》版本概況

書　名	收錄狀況	本書概況
（一）胡穉箋注《增廣箋註簡齋詩集》三十卷，另有詞一卷（參見附錄：書影）。	共收賦三篇，詩五百五十八首，詞十八首。	此為《簡齋集》最通行的版本，不收雜文，各詩按寫作年代先後排序，將周葵本每卷分為二卷。因與陳與義時代相近，故所箋出處、時事及朋友酬答甚詳，十分具參考價值。卷首附簡齋年譜，雖然簡略，但已大致掌握簡齋生平蹤跡，是後世研究陳與義的重要資料。
（二）劉辰翁《須溪先生評點簡齋詩集》十五卷。	共收賦二篇，詩六百二十八首，雜文三篇，詞十八首。	此本有元刻本、宋刻本，俱見於《楹木樓藏書志》，流入日本已久。此本根據胡注本所編，詩亦編年排列，除去多餘的詩，其餘的詩，篇目次序與胡注本完全相同。此本除增加詩篇之外，尚有一大功勞，即「校勘文字」，保留了一些已佚版本之異文。
（三）乾隆武英殿聚珍版叢書本《簡齋集》十六卷	共收賦三篇，雜文四首，詩六百二十三首，詞十八首。	此本非編年，而是分體編次的版本。另有四庫全書本，但因無覆刻本，今不易得見。此本收錄完整，且分體編次便於檢索，沒有注解，故方便誦讀。然錯字太多，不僅有形近之誤，亦有臆改、避諱之訛，使內容偏離了作者本意。

除上述版本之外，尚有已亡佚的吳興本、武岡本及閩本。吳興本印行於陳與義晚年定居之地，又是其故友所印，可推知是根據簡齋手訂稿本，胡注本亦是根據此本。〔註28〕可推論吳興本即周葵編輯之本。而武岡本、閩本僅有少數異文收錄於《須溪先生評點簡齋詩集》，其他

〔註26〕　意引宋亞偉：〈《簡齋集》版本考略〉，《河南圖書館學刊》，第21卷第3期，2001年6月，頁80。
〔註27〕　意引鄭騫：《陳簡齋詩集合校彙注》，臺北：聯經出版事業公司，1975年10月，頁369～384。
〔註28〕　意引鄭騫：《陳簡齋詩集合校彙注》，頁382～383。

古籍皆未提及，無從查證相關資料。

　　由宋人所撰之書錄中，亦可得知《簡齋集》不同版本之卷數差異。晁公武《郡齋讀書志》曰：

　　　　陳參政簡齋集二十卷。〔註29〕

又如陳振孫《直齋書錄解題》：

　　　　簡齋集十卷。〔註30〕

從上述內容可知陳與義《簡齋集》之流傳情形，以及各版本間收錄狀況、編排方式及優缺點。若就流傳較廣、內容較完善而言，仍以胡穉箋注本三十卷、劉辰翁本十五卷、聚珍版叢書本十六卷較優。筆者查找陳與義《簡齋集》之版本、藏書地點，茲整理如下：

表格二：《簡齋集》版本及藏書地點

書　名	版　本	現今藏書地點
（一）《增廣箋註簡齋詩集》三十卷，（宋）陳與義撰，（宋）胡穉箋註。	常熟瞿鏞鐵琴銅劍樓藏宋刊本。	東京大學東洋文化研究所。
（二）《增廣箋註簡齋詩集》三十卷無住詞一卷年譜一卷，（宋）陳與義撰，（宋）胡穉箋註。	清嘉慶間阮元進呈鈔本。	國立故宮博物院圖書館。
（三）《增廣箋註簡齋詩集》三十卷，（宋）陳與義撰，（宋）胡穉箋註，（清）馮煦校勘。	江寧蔣國榜湖上草堂本。	東京大學東洋文化研究所。
（四）《增廣箋註簡齋詩集》三十卷無住詞一卷附正誤一卷，（宋）陳與義撰，（宋）胡穉箋註。	常熟瞿鏞鐵琴銅劍樓藏宋刊本。	目前收藏於國家圖書館。1929 年，上海：商務印書館據此本影印收入四部叢刊集部中。
（五）《須溪先生評點簡齋詩集》，（宋）陳與義撰，（宋）劉辰翁評點。	訓鍊都監字本。	首爾大學奎章閣韓國學研究院。

〔註29〕　（宋）晁公武：《郡齋讀書志》，卷四下，頁 488。
〔註30〕　（宋）陳振孫：《直齋書錄解題》，上海：上海古籍出版社，1987 年 11 月，卷二十，頁 601。

（六）《須溪先生評點簡齋詩集》十五卷，（宋）陳與義撰，（宋）劉辰翁評點。	明嘉靖朝鮮刊本。	東京大學東洋文化研究所。
（七）《簡齋集》十六卷，（宋）陳與義撰。	清乾隆間武英殿聚珍本。	哈佛大學哈佛燕京圖書館。
（八）《簡齋集》十六卷，（宋）陳與義撰。	清乾隆間武英殿聚珍本。	目前收藏於國立故宮博物院圖書館。1969 年，臺北：藝文印書館據此本影印，收入《原刻景印百部叢書集成》。
（九）《簡齋集》十六卷，（宋）陳與義撰。	清乾隆間文淵閣四庫全書本。	國立故宮博物院圖書館。
（十）《陳與義集》三十卷，（宋）陳與義撰，吳書蔭、金德厚點校。	江寧蔣國榜湖上草堂本。	目前收藏於東京大學東洋文化研究所。1982 年，北京：中華書局據此本排印。
（十一）《陳與義集校箋》三十卷，（宋）陳與義撰，白敦仁點校。	《四部叢刊》影印瞿鏞鐵琴銅劍樓藏宋刊本。	1990 年，上海：上海古籍出版社出版，收入《中國古典文學叢書》。
（十二）《陳簡齋詩集合校彙注》三十卷，（宋）陳與義撰，鄭騫校箋。	江寧蔣國榜湖上草堂本。	1975 年，臺北：聯經出版事業公司出版。

從上表可得知，陳與義《簡齋集》各版本間書名、卷數、版本之差異，流傳最廣當屬胡穉箋註本；註解較佳為劉辰翁本；收錄較全則為聚珍版叢書本，然劉辰翁本覆刻本少，且皆流出海外，國內尚未見館藏；聚珍版叢書本錯字多，闕漏處亦不少，內容完整度低，故亦不宜用作研究底本。

　　筆者比較商務印書館、中華書局、上海古籍出版社及聯經出版事業公司所出之集子，以吳書蔭、金德厚《陳與義集》、鄭騫《陳簡齋詩集合校彙注》內容最完善，考究也較深入，所引資料較豐富，而鄭騫更進一步考察簡齋詩逸作，撰寫簡齋詩集考補遺、簡齋文輯存，較《陳與義集》探討範圍更深、更廣，因此筆者以鄭騫《陳簡齋詩集合校彙注》為研究底本，並與吳書蔭、金德厚《陳與義集》相互參照，再按照研究步驟及大綱進行研究。

第三節　研究方法及步驟

本篇論文之題目為「陳與義近體詩之研究」，主要以陳與義《簡齋集》為研究文本，挑選當中之近體詩為研究範圍，期望統整出陳與義之寫作筆法、創作風格等等相關結果，並且搭配其他專書、期刊論文之閱讀，希冀獲得更充足、完整之研究資料，以求能全面掌握文本內容以進行分析討論。今筆者將研究方法及步驟列點說明如下：

一、蒐集相關文獻資料與整理

廣泛蒐集與陳與義有關之史料、《簡齋集》現存之版本，亦蒐羅有關聯的古籍、今人專書、國內外期刊論文及學位論文。爬梳文獻資料後，整理出與本研究相關之論點，以助後續研究步驟順利進行。

二、對於陳與義其人其事的全面性理解與疏通

經過多方面的資料收集及整理後，透過深入閱讀，了解陳與義所處之時代及社會環境，亦對《簡齋集》成書背景進行分析探討。

三、閱讀陳與義詩集，並釐清作品的版本情況

首先，需確認陳與義詩集之蒐集情況，筆者主要利用正史傳記及古人之評注，並以前人研究成果為輔，確定蒐羅之詩集版本齊全無缺。接著，交叉比對各版本的內容，整理出各版本間之差異性與優劣性，選定內容完整度最高、缺漏或訛誤最少之版本為研究底本。

四、分析陳與義詩集內容，剖析作品之寫作技巧及藝術價值

以文本分析法探討陳與義詩集作品，深入剖析其主題類型、用韻情形、修辭技巧、寫作手法等等，再統整與歸納所得之結果，以確立詩人創作之藝術風格，並結合陳與義之時代背景及社會環境，以期能探析潛藏於詩作中的思想脈絡及情感流露，最後，為陳與義詩作在文學與藝術上的貢獻做一中肯的評價。

五、歸納與總結陳與義近體詩的研究成果

綜合上述研究方法與步驟所得出之研究成果，作出本論文之研究總結，並針對研究過程中尚待探討之問題或研究盲點的提出，提供往

後有志於更深入研究相關領域者，有延伸探討之方向，讓有關於陳與義及其詩集的相關研究更加多元。

　　整體而言，筆者將先探討陳與義之生平經歷，了解後便更能體會詩中意境。而後使用選定之研究底本進行透析，輔以相關文獻資料，並就研究成果論述各章節之內容，最後為本研究下　結論。

第四節　前人相關研究成果述評

　　在所有前人相關研究中，有二本專書討論陳與義之詩歌，其他皆為期刊論文、學位論文，研究成果豐碩，以下將以姓氏筆劃排列順序，闡述前人研究成果及可延伸之方向：

一、專書

（一）吳淑鈿《陳與義詩歌研究》〔註31〕

　　此本書內容主要從宋詩之流變以觀江西詩派，又從江西詩派之技法與形式來探究陳與義詩歌之藝術技巧；值得　提者，是此書採用俄國形式主義之理論來詮釋江西詩派詩法，且純就形式之建構來思考詩派存在之因素與經驗。此書雖以不同角度探討江西詩派，使學術之觀點擴大，但卻以寥寥數字帶過對陳與義詩歌的評論，且未詳加歸納、分析歷代評論者所持之論點，以致篇幅中重複許多詩人生平、交遊經歷，對陳與義詩歌風格殊異處，未能詳察深究，殊為可惜。

（二）楊玉華《陳與義陳師道研究》〔註32〕

　　本書討論陳與義之內容佔較多篇幅，分別探討陳與義之家世生平、詩歌的思想內容、詩歌藝術、詩歌地位及影響，並論述其詞、賦及散文。另外，亦論述陳與義不屬於江西詩派，並考察崔鷗其人其詩。此書考察陳與義之生平、交遊甚為詳細，釐清陳與義父輩、祖輩之家譜，並引用多本古籍文獻，對於了解陳與義家世背景助益甚多！且此書探

〔註31〕吳淑鈿：《陳與義詩歌研究》，臺北：文津出版社，1993 年 1 月。
〔註32〕楊玉華：《陳與義陳師道研究》，四川：巴蜀書社，2006 年 8 月。

究「簡齋體」論述深入、鉅細靡遺，並舉例分析陳與義詩之不足，這在文人對陳與義的一片讚揚聲中實屬少見。作者探討陳與義詩歌的思想內容時，將詩歌分為三時期：靖康之亂前為第一時期；避虜南奔為第二時期；紹興元年至逝世為第三時期，然作者論述詩歌的思想內容卻鮮少提及分期特色，或說明此思想較多出現於何時期，導致詩歌分期與思想內容聯結較弱。

二、期刊論文

（一）璩銀吉〈陳與義詩用韻考〉〔註33〕

本文考察陳與義近體詩的用韻情況，以北京大學出版社的《全宋詩》為底本，《王力文集》為理論基礎，得出陳詩用韻二十三部，完整列出所有韻部及韻字，而後探討韻部系統及個別韻字。由前述研究歸納出七點論點，簡而言之，陳與義用韻情況正是當時實際語音的反映，透由研究陳與義詩韻分布，可窺見宋代語音系統及韻部分合情況。本文從聲韻學角度切入，觀點較為少見，且考察詳盡，論述完整，尤以韻部統計及說明最為詳細，參考價值高，對筆者進行詩作音韻分析助益甚大。然研究結果當中，有三點論點未以文獻或統計資料做為輔證，僅提出作者個人觀點，說服力稍嫌不足。

（二）黃俊杰〈陳與義詩歌藝術探源〉〔註34〕

此文旨在考察陳與義之詩歌藝術淵源，指出影響陳與義的不僅有前代詩人，同時代的詩壇巨擘也對他產生不同程度之影響。文章中列出陶淵明、杜甫、柳宗元、蘇軾、陳師道、崔鷗，以及江西詩派等的詩作，並和陳與義之詩作做比較，論述兩者間異同，探討陳與義如何學習與繼承前人之詩風。本篇論文論述脈絡清楚，除了自身觀點外，亦多引用古籍文獻為輔證，論說有力，且博古通今、範圍廣大，上至陶淵明，

〔註33〕璩銀吉：〈陳與義詩用韻考〉，《華南理工大學學報》，第3卷第1期，2001年3月，頁74～76。
〔註34〕黃俊杰：〈陳與義詩歌藝術探源〉，《荊門職業技術學院學報》，第24卷第1期，2009年1月，頁47～52。

下至宋代詩人，皆含括在内。不僅論述條理清晰，而且内容豐富，皆是值得筆者學習之處。然本文論述篇幅失衡，提及多位前人皆有舉其詩作為例，但蘇軾之詩佔了十二首，陶淵明之詩佔了十一首，其他僅各舉一或二首詩；且析論陳與義學習蘇軾的部分近二千九百字，篇幅將近是全文的三分之一；析論陳與義繼承陶淵明的部分亦有　千二百字，談論學習杜甫的部分卻僅僅四百字而已，可知各小節的内容份量不平均，分析的深入程度也不　，十分可惜。

（三）劉雄〈試論陳與義詩歌的聲律〉〔註35〕

本文從平仄及押韻兩方面來討論陳與義詩歌的聲律特色，藉由舉例、分析、歸納可得出以下結論：平仄部分，陳與義之詩大抵詩律和諧、少用拗律，寫作拗體僅是偶一為之，不具有代表性。押韻部分，陳與義相較江西詩派而言，用韻較平易、少押險韻，詩作中亦有不少分韻、次韻、疊韻詩。本文認為陳與義雖為江西詩派之一，但詩作聲律有鮮明的特色，跟江西詩派不盡相同，正是對江西末流的反動，亦是他成為南北宋之交最傑出詩人的原因之一。本篇期刊論文資料齊全、例證豐富，舉詩作說明平仄特色皆有詳細分析格律情形，闡述押韻特色亦將全部分韻、次韻、疊韻詩列出，並引用文獻資料佐證，筆者藉此開拓了更開闊的資料蒐集範圍。而本文未提及陳與義是否有常用的韻？又，詩作較常以平起式或仄起式創作？這些為筆者研究時可著墨之處。

（四）戎默〈淺論陳與義詩論的突破性與開拓性〉〔註36〕

此文指出，宋詩前輩黃庭堅、蘇軾等人重視詩人内部學識、技巧，認為風景仍需詩人意志以加工成詩，而陳與義則認為詩人應重視對外部世界的感知與體驗，寫詩應奔向大自然的懷抱，從中尋找創作靈感，

〔註35〕劉雄：〈試論陳與義詩歌的聲律〉，《漯河職業技術學院學報》，第12卷第4期，2013年7月，頁67～71。
〔註36〕戎默：〈淺論陳與義詩論的突破性與開拓性〉，《廣州大學學報》，第13卷第11期，2014年11月，頁92～96。

陸游、楊萬里也不約而同提出相同概念。由於陳與義並無探討詩論之著作或文章，僅能從詩作中拼湊其詩學理念，很難構成完整的系統，然其詩學觀點自出機杼，開拓嶄新的創作方向，功不可沒。此文由陳與義詩作提出其詩論，以十一首寫景詩搭配詩話之評論，再與黃庭堅、蘇軾等人之詩做對照，差異性即現，說服力頗強。另外，本文點出陳與義具突破性及開拓性之詩論，筆者將從中延伸討論此一詩論背後的文學意義，以及其對於後世詩人或詩壇起了何種影響。

三、學位論文

（一）江道德《陳與義的生平及其詩》〔註37〕

本文探討陳與義的生平，包含家世、生平事蹟及重要交遊；亦討論陳與義詩作的特色、重要內涵、地位與評價。此文提出陳與義詩具用字工鍊、點化得法、密度堅實等特色，重要內涵包括生命基本情調的表現、退隱生活的嚮往、情感世界與自然景物的吟詠，並認為其詩可尊為江西詩派的重鎮，也是南北宋之際的詩壇盟主，對後世影響深遠。此文對於陳與義之生平考察甚詳，且論述架構完整，援引《宋史》及相關古籍說明其背景及經歷，關於來往較密切之人亦深入考察，引用《宋史》中所著之傳記加以介紹，並說明與陳與義之關係，對於欲了解陳與義生平及交遊之研究者助益甚多。本文較著重於研究陳與義詩的文字內容，探討詩作之分類、內涵，較缺乏其形式部分之研究，如詩作之起式、句法、修辭等等，此為筆者可擴展研究之處。

（二）張天錫《陳與義詩歌研究》〔註38〕

此篇學術論文將陳與義歸類於江西詩派，探討江西詩派之成因、陳與義詩與江西詩派之異同。另外，探討陳與義詩歌之內容，如抒情詠懷、描繪風景、詠物言志、題畫審美，並且論述其風格、藝術技巧

〔註37〕 江道德：《陳與義的生平及其詩》，國立臺灣大學中國文學研究所，碩士論文，1982 年 5 月。

〔註38〕 張天錫：《陳與義詩歌研究》，臺北市立師範學院應用語言文學研究所，碩士論文，2001 年 12 月。

及評價。張天錫思路清晰、論說脈絡清楚，對於陳與義詩歌的成就、定位與藝術風格做了一番定論，並且有多筆資料佐證論說內容，提供筆者豐富的研究資料。然此篇研究範圍含括陳與義所有詩歌，難以判別陳與義之古體詩、樂府詩或近體詩是否有不同特色？又陳與義於題畫、詠物或描摹景色較常以何種文體創作？上述為可供筆者延伸思考之方向。

（三）孫莉《陳與義詩歌研究》〔註39〕

本論從以下幾個方面探討陳與義的詩歌創作：首先，對「簡齋體」和「新體」進行辨析與討論；透由分析佐證資料，孫莉認為「簡齋體」和「新體」的內涵重疊，皆是指稱陳與義詩歌創作中，體現出與當代風格相較新穎的筆法。其次，論述陳與義對前人的繼承，尤其著重於對杜甫的繼承，兼討論與黃庭堅、陳師道等人的淵源關係。最後，論述陳與義對江西詩派的貢獻；闡述詩人在南渡詩壇的地位及對後世的影響。此論對於「簡齋體」、「新體」提出見解，舉證豐富、論說鏗鏘有力，有助於筆者深入認識陳與義的詩歌價值，亦有益於了解南北宋之交詩壇的狀況。

（四）張奇《陳與義詩歌三論》〔註40〕

本文在總結前人相關研究的基礎上，選取幾個方面進行論述：首先是陳與義和江西詩派的關係，此論從新的視角重新審視，主張陳與義不屬於江西詩派。第二，此論認為陳與義在思想中有著強烈的山林隱逸情結，不僅表現在詩文中，更體現在他的具體行為上，張奇嘗試揭示這種情結的成因，並且探討這種思想對陳與義創作的影響。最後，前人多論述陳與義學杜甫，本文則著重探討陳與義和王維、陶淵明、韋應物、柳宗元之間的聯繫，以及這種詩歌淵源對其詩歌造成了何種影響。

〔註39〕　孫莉：《陳與義詩歌研究》，暨南大學中國古代文學研究所，碩士論文，2006 年 5 月。

〔註40〕　張奇：《陳與義詩歌三論》，安徽師範大學中國古代文學研究所，碩士論文，2007 年 5 月。

此篇論文提出新穎的論點，將陳與義和江西詩派做一區隔，並且在「山林情結」多所著墨，值得學習。但是此文僅討論隱逸相關之詩，範圍太過狹隘，且將陳與義和陶淵明、韋應物、柳宗元之比較置於同一小節，內容較為表面而不深入，十分可惜。

（五）吳倩《陳與義詩歌論》〔註41〕

此文分三部分：第一部分論述陳與義的詩論。通過考察及統整，透析詩人的詩學理論，並探討影響其創作的理論性因素。第二部分以陳與義生活時代及變故為依據，並以詩風變化為標誌，將陳與義詩歌劃分為前期、中期及後期三個時期，並細緻辨析了各期詩風的差異。第三部分論述禪宗思想對陳與義詩歌創作的影響，對陳與義詩歌的詩論、取材、用語和意境，做出了新的解釋。本篇論文對於陳與義不同時期之詩風做了深入且細膩的論述，探討當時期之文化背景，延伸至影響陳與義創作之因素，且列舉多首作品輔佐說明，更引用多本詩話內容為證。此部分論說完整、剖析深刻，對於研究者欲了解陳與義各時期詩風幫助頗多。本文第一部分探討陳與義之詩論，提出「忌俗求新」及「感物興發」兩點詩論，惟「忌俗求新」論述中僅以詩話及其他古籍資料為證，並未舉陳與義詩為例加以說明，十分可惜，此亦為可延伸研究之處。

（六）董秋月《陳與義七律研究》〔註42〕

本文論述陳與義七律的創作概況和藝術特色。首先，著眼於陳與義所處的時代，分析南北宋之際的黨爭、尚理風氣及靖康之變對其詩歌創作所產生的影響。接著，論述陳與義七律的思想內涵，根據題材和內容分為「抒發身世之悲、家國之恨的感懷詩」、「別具特色的寫景詠物詩」、「酬唱贈答詩」三類。第三，剖析陳與義七律的藝術特質，先從其

〔註41〕 吳倩：《陳與義詩歌論》，廣州大學中國古代文學研究所，碩士論文，2010 年 5 月。

〔註42〕 董秋月：《陳與義七律研究》，閩南師範大學中國古代文學研究所，碩士論文，2016 年 6 月。

學習杜甫七律來分析特色，接著詳細論述陳與義七律的語言技巧、格
調、意象。最後，從七律的發展及宋代詩壇的狀況出發，論述陳與義七
律的地位及影響。此文將焦點放在陳與義之七律，詳細探究其思想、藝
術特色、文學地位，各章節皆列出豐富的古籍資料及陳與義詩輔佐論
述，論述深入完整，值得學習。本文將陳與義七律之內容分為二類，然
陳與義七律不僅此三類而已，亦有禪學詩、田園詩等，故筆者將以此為
研究之發展方向。

第二章　陳與義之生平及其時代背景

　　欲研究陳與義之近體詩，先行瞭解陳與義所處時空背景等因素，較能掌握其詩作之核心。探究陳與義所處之時代，掌握宋代之政壇更迭、文壇風氣，以便與陳與義生平經歷、文學成就等連結。論述範圍由小而大，由個人擴展至環境；探究陳與義之才幹能力、文學天賦對該時代之影響，而外在環境又如何影響陳與義之思想情感、寫作風格。綜合上述所言，以期深入瞭解陳與義之生平、成就與所處時代，而進一步能對其近體詩創作有所領會、體悟。

第一節　陳與義之生平

一、家世淵源與政治仕途

（一）家世淵源

　　陳與義，字去非，自號簡齋居士。生於宋哲宗元祐五年（1090），卒於宋高宗紹興八年（1138），年四十九。「其先居京兆，自曾祖希亮始遷洛，故為洛人」[註1]。《蘇東坡全集》卷三十三〈陳公弼傳〉記

〔註1〕參見（元）脫脫等著，楊家駱主編：《新校本宋史并附編三種‧列傳第二百四》，臺北：鼎文書局，1983年11月三版，卷四四五，頁13129。

載：「其先京兆人也，唐廣明中始遷於眉。希亮曾祖延祿，祖父瓊，父顯忠，皆不仕。」〔註2〕而姚燧於《牧庵集》卷十三〈宋太常少卿陳公神道碑〉中則說：「陳氏其先潁川人，唐遷於京兆，廣明中避亂於蜀，家眉之青神。」〔註3〕另外，姚燧表示陳氏家譜為「瓊生延祿，延祿生贈兵部侍郎顯忠，兵部生希亮」〔註4〕。姚燧所敘之世次與蘇軾小有歧異，姚燧稱曾見陳氏家譜，其言當可信〔註5〕，則可知陳與義曾祖前世系為：瓊──延祿──顯忠──希亮，瓊、延祿、顯忠皆未被古籍記載，無從獲得相關資料。

曾祖希亮，字公弼，宋仁宗時官至太常少卿，贈太子太保，《宋史》未記載生卒年。〈宋太常少卿陳公神道碑〉中記載希亮八世孫陳元凱於建康馳書：「吾八世祖宋太常少卿公以治平二年（1065）卒葬洛陽。」〔註6〕《宋史》本傳言「年六十四」〔註7〕，由此推知希亮生於宋真宗咸平五年（1002）。希亮為官正直不阿，為時人所讚頌，《宋史》曰：

> 希亮為人清勁寡欲，不假人以色，自王公貴人，皆嚴憚之。
> 見義勇發，不計禍福。所至，奸民猾吏，易心改行，不改者
> 必誅。然出於仁恕，故嚴而不殘，……其良吏與。〔註8〕

〔註2〕 參見（宋）蘇軾著，楊家駱主編：《蘇東坡全集》，臺北：世界書局，1989年10月六版，前集卷三十三，頁400。

〔註3〕 參見（元）姚燧：《牧庵集》，收錄於《四部叢刊初編》第二三三冊，上海：上海書店，1989年3月，卷十三，頁一左半。

〔註4〕 參見（元）姚燧：《牧庵集》，收錄於《四部叢刊初編》第二三三冊，卷十三，頁一左半。

〔註5〕 意引楊玉華：《陳與義陳師道研究》，四川：巴蜀書社，2006年8月，頁6。

〔註6〕 參見（元）姚燧：《牧庵集》，收錄於《四部叢刊初編》第二三三冊，卷十三，頁一右半。

〔註7〕 引自（元）脫脫等著，楊家駱主編：《新校本宋史并附編三種·列傳第五十七》，卷二百九十八，頁9922。

〔註8〕 引自（元）脫脫等著，楊家駱主編：《新校本宋史并附編三種·列傳第五十七》，卷二百九十八，頁9922～9923。

由上述記載可知希亮聞名當世，公正清廉。關於希亮子嗣，《宋史・文苑列傳五十七》：「四子。忱，度支郎中。恪，滑州推官。恂，大理寺丞。慥字季常。」〔註9〕范鎮〈陳少卿希亮墓誌銘〉則云：「生四子：忱，尚書都官員外郎；恪，忠州南賓尉；恂，遂州司戶參軍；慥，舉進士未第。」〔註10〕《蘇東坡全集》〈陳公弼傳〉所記內容與《宋史》略同，曰：「子四人，忱今為度支郎中，恪卒於滑州推官，恂今為大理寺丞，慥未仕。」〔註11〕綜合以上所言，可確定希亮四子：長曰忱，次曰恪，次曰恂，次曰慥。而范鎮、蘇軾所記四子之官職不同，應是范誌撰文在前，蘇傳在後，時間前後不同所致。〔註12〕

　　據張嵲〈陳公資政墓誌銘〉可知陳與義曾祖後之世系，如下所示：

　　太常生恂，為奉議郎，贈太子太傅。太傅生某，為朝請大夫，

　　贈太子太師。皆世其業，蓄德不施，鍾慶於後。〔註13〕

除了張嵲〈陳公資政墓誌銘〉外，牟巘〈簡齋記〉亦云：「簡齋則太常次子恂之孫也。」〔註14〕可知陳與義為希亮三子恂之孫。父某事蹟，他書不見記載，而後江道德「按《南宋文範》所載〈墓誌〉，知與義父名『抃』，故據此補入」〔註15〕，遂知陳與義之父為陳抃。在〈陳公資

〔註9〕　引自（元）脫脫等著，楊家駱主編：《新校本宋史并附編三種・列傳第五十七》，卷二百九十八，頁9922。

〔註10〕　參見曾棗莊、劉琳主編：《全宋文》，上海：上海辭書出版社，2006年8月，卷八七二，頁306。

〔註11〕　參見（宋）蘇軾著，楊家駱主編：《蘇東坡全集》，前集卷三十三，頁403。

〔註12〕　意引白敦仁：《陳與義年譜》，北京：中華書局，1983年3月第一版，卷首，頁6。

〔註13〕　引自（宋）張嵲：《紫微集》，收於《景印文淵閣四庫全書》集部別集類，第一一三三冊，臺北：臺灣商務印書館，1983年，卷三十五，頁九左半，總頁647。

〔註14〕　引自（宋）牟巘：《陵陽集》，收於《景印文淵閣四庫全書》集部別集類，第一一八八冊，臺北：臺灣商務印書館，1983年，卷十一，頁十六左半，總頁97。

〔註15〕　參見江道德：《陳與義的生平及其詩》，國立臺灣大學中國文學研究所，碩士論文，1982年5月，頁20。

政墓誌銘〉中載「既王室始騷，丁外艱，避地襄漢」〔註16〕。陳與義
於靖康元年自陳留避地南奔，父陳扺之卒應當亦在其時。而從〈墓誌
銘〉中「蓄德不施」之言，可推斷陳與義父、祖二代在當時皆無所建
樹。〔註17〕

　　白敦仁《陳與義年譜》云：「母張氏，退傅鄧國公張士遜之孫，贈
博平郡夫人。」〔註18〕又〈陳公資政墓誌銘〉曰：「太師元配馬氏，贈
蘄春郡夫人。次配張氏，贈博平郡夫人，退傅鄧國文懿公之孫也。」
〔註19〕可知陳與義之母為其父之繼室。「張士遜，字順之，陰城人。淳
化中舉進士，宋仁宗朝曾三度入相。康定初拜太傅，封鄧國公致仕。皇
祐元年卒，年八十六，帝臨奠，贈太師、中書令，諡文懿」〔註20〕。而
陳與義之外祖，據〈陳公資政墓誌銘〉之記載：

> 公之外王父，鄧公之季子也，自號存誠子，善行草書，高視
> 一世。其書過清，世俗莫知。〔註21〕

從中可知陳與義外祖擅長草書，成就甚高。《宋史・文苑列傳七十》
亦云：

> 幼子友正字義祖，杜門不治家事，居小閣學書，積三十年不
> 輟，遂以書名。神宗評其草書，為本朝第一。〔註22〕

友正之書法經歷三十年磨練，終於聞名當世，甚至得到宋神宗「本朝
第一」之評價，當之無愧。陳與義書法之藝受其外祖影響甚鉅，初期，

〔註16〕引自（宋）張嵲：《紫微集》，收於《景印文淵閣四庫全書》集部別集
　　　　類，第一一三三冊，卷三十五，頁十右半，總頁648。
〔註17〕意引白敦仁：《陳與義年譜》，卷首，頁9。
〔註18〕意引白敦仁：《陳與義年譜》，卷首，頁9。
〔註19〕引自（宋）張嵲：《紫微集》，收於《景印文淵閣四庫全書》集部別集
　　　　類，第一一三三冊，卷三十五，頁九左半，總頁647。
〔註20〕分見（元）脫脫等著，楊家駱主編：《新校本宋史并附編三種・列傳第
　　　　七十》，卷三百一十一，頁10216～10218。
〔註21〕引自（宋）張嵲：《紫微集》，收於《景印文淵閣四庫全書》集部別集
　　　　類，第一一三三冊，卷三十五，頁十二右半，總頁649。
〔註22〕參見（元）脫脫等著，楊家駱主編：《新校本宋史并附編三種・列傳第
　　　　七十》，卷三百一十一，頁10219。

陳與義臨摹友正之書法，晚期則風姿多變，體現出新意，姿態橫出、氣韻流暢，雖只書寫片紙數字，得者皆加以收藏〔註23〕。（如下圖一所示）陳與義嘗著〈跋外祖存誠子帖〉一詩，詩曰：「亂眼龍蛇起平陸，前身羲獻已黃墟。客來空認袁公額，淚盡慚無楊愔書。」〔註24〕不但對於外祖存誠子的書法成就給予高度評價，亦抒發自身對外祖的尊敬、崇拜。

圖一：陳與義之書法字〔註25〕

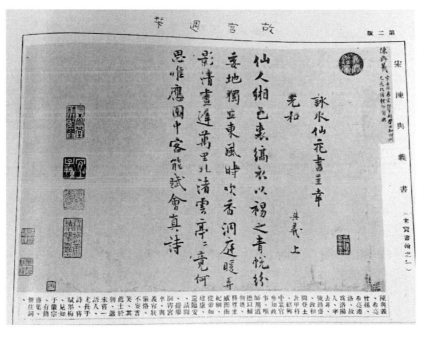

陳與義與外家互動頻繁，除了向外祖學習書法，與兩表兄張規臣、張矩臣的唱和亦甚多，陳與義母親為規臣、矩臣姑母，故彼此關

〔註23〕 意引（宋）張嵲：《紫微集》，收於《景印文淵閣四庫全書》集部別集類，第一一三三冊，卷三十五，頁十二右半，總頁649。

〔註24〕 引自鄭騫：《陳簡齋詩集合校彙注》，臺北：聯經出版事業公司，1975年10月，卷九，頁86。

〔註25〕 翻拍自北平故宮博物院編輯：《故宮周刊》，上海：上海書店，1988年12月，第138期第2版，頁30。

係密切。張規臣，字元東；張矩臣，字元方，張士遜之曾孫〔註26〕，《宋史》無傳。政和、宣和年間，陳與義和張規臣兄弟過從甚密，唱酬亦多〔註27〕，與張規臣共有八首唱和詩、張矩臣則有十一首。另外，與表姪張嶸來往亦密切，張嶸字巨山，襄陽人，曾任校書郎、史館校勘、著作郎等職〔註28〕，〈陳公資政墓誌銘〉即其所撰，自述曾受學於陳與義：

> 公之母與某同六世祖，視之為叔祖姑。頃公寓居漢上，某從公遊，質問詩文利病，其後仕學，公頗有力，不專為親也。〔註29〕

《宋史》雖有傳，卻無提及其文學成就或求學於陳與義一事，劉克莊《後村詩話》描述了對張嶸之推崇：

> 巨山，簡齋表姪也。其〈夷陵〉詩云：「吳蜀相持地，江山真險固。昔聞楚夷陵，今茲但遺堵。山遠欲連天，江寬疑浸樹。左顧渚宮塗，右眺襄陽路。野迥無居人，荒村但豺虎。依依念鄉井，愴愴悲墳墓。月淡江風寒，雲深楚山暮。佇立小踟躕，蒼蒼歸鳥去。」〈初夏〉云：「孟夏忽已至，雨餘草木荒。俯澗有驚泉，仰林無遺芳。山中歲事晚，是日農始忙。布穀鳴遠林，田家競農桑。故園今何為，黯黯心獨傷。」……詞語高簡，意味幽遠，此類不可殫舉，真南渡巨擘。〔註30〕

由上述可知劉克莊對張嶸評價甚高，另外，按紀昀等所著之《紫微集》提要，亦略知其文學成就：

> 嶸為陳與義之表姪，少時嘗從受學，故劉克莊《後村詩話》

〔註26〕 意引鄭騫：《陳簡齋詩集合校彙注》，卷二，頁13。

〔註27〕 意引白敦仁：《陳與義年譜》，卷一，頁39。

〔註28〕 意引（元）脫脫等著，楊家駱主編：《新校本宋史并附編三種·列傳第五十九》，卷四百四十五，頁13138。

〔註29〕 參見（宋）張嶸：《紫微集》，收於《景印文淵閣四庫全書》集部別集類，第一一三三冊，卷三十五，頁十二右半，總頁649。

〔註30〕 節自（宋）劉克莊：《後村詩話》，北京：中華書局，1983年12月，後集卷二，頁68。

謂其詩句法與簡齋相似，而於五言古詩尤極賞。其語意高簡，
意味深遠，又克莊所摘七言絕句，如「故園墳樹想青蔥」諸
篇，尤能以標格見長，而集中似此類者尚多，大抵絕句清和
婉約，較勝與義，其他雖未能遽相方駕，而氣體高朗，頗足
以自名一家。〔註31〕

綜上所述，張嵲曾受陳與義指導，其詩文風格深受陳與義影響，甚至青
出於藍，頗能自成一家；而其為陳與義撰寫墓誌銘，更可證表叔姪感情
之深厚。

　　陳與義妻周氏，〈陳公資政墓誌銘〉云：「公娶周氏，某官之女，
某郡夫人。」〔註32〕其中所稱「某官」，未知何人。劉辰翁《須溪先生
評點簡齋詩集》卷十一〈次周漕示族人韻〉中一句云：「諫議遺蹤尚可
望」，增注云：「宋周儀，登羅熙科。子湛，登天禧第，武岡人，少讀書
紫陽山千尋石室，後為諫議，稱嘉祐名臣。」〔註33〕《宋史‧文苑列
傳五十九》則記載「周湛字文淵，進士甲科，宋仁宗時拜右諫議大夫」
〔註34〕，與劉辰翁詩注合，據此推論周氏為武岡人，仁宗朝諫議人夫
周湛族裔〔註35〕。關於陳與義之子，〈陳公資政墓誌銘〉云「男曰洪，
某官」。〔註36〕胡穉《增廣箋註簡齋詩集》卷二十九〈與智老天涇夜坐〉
中，胡穉箋註云：「智老即大圓洪智，天涇姓葉名巒，先生之子洪本之
嘗從其學云。」〔註37〕如此可知陳與義之子名洪，字本之，《建炎以來

〔註31〕　參見（清）紀昀：《紫微集》提要，收於《景印文淵閣四庫全書》集部
　　　　　別集類，第一一三三冊，卷三十五，頁一，總頁339。
〔註32〕　參見（宋）張嵲：《紫微集》，收於《景印文淵閣四庫全書》集部別集
　　　　　類，第一一三三冊，卷三十五，頁十二右半，總頁649。
〔註33〕　轉引鄭騫：《陳簡齋詩集合校彙注》，頁418。
〔註34〕　分見（元）脫脫等著，楊家駱主編：《新校本宋史并附編三種‧列傳第
　　　　　五十九》，卷三百，頁9966～9967。
〔註35〕　意引鄭騫：《陳簡齋詩集合校彙注》，頁417。
〔註36〕　參見（宋）張嵲：《紫微集》，收於《景印文淵閣四庫全書》集部別集
　　　　　類，第一一三三冊，卷三十五，頁十二右半，總頁649。
〔註37〕　引自（宋）胡穉：《增廣箋註簡齋詩集》，上海：商務印書館，1929年，
　　　　　卷二十九，頁六右半，總頁461。

繫年要錄》記載「陳洪於紹興年間先後擔任右通直郎、太府寺主簿、太府寺丞、尚書倉部員外郎」〔註38〕，頗受重用。

陳與義之弟名與能，字若拙，胡穉《增廣箋註簡齋詩集》卷六〈寄若拙弟兼呈二十家叔〉中，胡穉箋註云：「若拙名與能，第二十九，蓋先生親弟。」〔註39〕陳與義同陳與能之唱和詩共十三首，詩集中亦有七首用陳與能韻之詩，陳巖肖《庚溪詩話》亦云：「陳簡齋去非詩名夙著，而其弟之詩亦可喜。見〈張林甫舉其夏日晚望〉一聯云：『前山猶細雨，高樹已斜陽。』恨不見其全篇。」〔註40〕即知陳與能亦能作詩，可惜詩作已無存，其他兄弟姊妹已不可考。〔註41〕

總括而言，雖然陳與義極少在作品中提及自身家世，但從一些零散的史傳文獻仍可拼湊出其家世淵源。陳與義書法受其外祖影響甚深，「其字畫清簡，類其詩文，紹興初獨步中朝」〔註42〕，此外，教導晚輩不遺餘力，且品德高尚，日常生活與人接觸時，總是十分謙卑，然亦保有堅定原則〔註43〕，與親戚、手足也有良好互動，堪稱君子。

（二）政治仕途

縱觀《宋史・文苑列傳七》、〈陳公資政墓誌銘〉及相關資料，陳與義的政治仕途雖然不致位極人臣，但宋政權南渡後仕途較平穩。陳與義從十七歲至二十三歲在太學〔註44〕，政和三年癸巳（1113），二十

〔註38〕 分見（宋）李心傳：《建炎以來繫年要錄》，北京：中華書局，1985年，卷一百七十、一百八十三，頁2797、3048。
〔註39〕 引自（宋）胡穉：《增廣箋註簡齋詩集》，卷六，頁一左半，總頁80。
〔註40〕 參見（宋）陳巖肖：《庚溪詩話》，收於嚴一萍輯《原刻景印叢書集成》第二編，臺北：藝文印書館，1965年，卷下，頁十九右半。
〔註41〕 意引鄭騫：《陳簡齋詩集合校彙注》，頁418。
〔註42〕 引自（宋）周必大：〈法帖音釋刊誤跋〉，收於《景印文淵閣四庫全書》子部藝術類，第八一二冊，臺北：臺灣商務印書館，1983年，頁一右半，總頁419。
〔註43〕 意引（宋）張嵲：《紫微集》，收於《景印文淵閣四庫全書》集部別集類，第一一三三冊，卷三十五，頁十一右半，總頁648。
〔註44〕 意引白敦仁：《陳與義年譜》，卷一，頁25。

四歲時以上舍及第釋褐，三月授文林郎，八月授開德府教授〔註45〕。
《宋史・職官志七》述明教授職務為「以經術行義訓導諸生，掌其課試
之事，而糾正不如規者」〔註46〕。政和八年戊戌（1118），二十九歲任
辟雍錄〔註47〕，《宋史・選舉志三》記載了辟雍之制：

> 崇寧三年，始定諸路增養縣學弟子員，大縣五十人，中縣四
> 十人，小縣三十人。……命將作少監李誡，即城南門外相地
> 營建外學，是為辟雍。……太學專處上舍、內舍生，而外學
> 則處外舍生。今貢士盛集，欲增太學上舍至二百人，內舍六
> 百人，外舍三千人。外學為四講堂、百齋，齋列五楹，一齋
> 可容三十人。士初貢至，皆入外學，經試補入上舍、內舍，
> 始得進處太學。太學外舍，亦令出居外學。其敕、令、格、
> 式，悉用太學見制。國子祭酒總治學事，外學官屬，司業、
> 丞各一人，稍減太學博士、正、錄員歸外學，仍增博士為十
> 員，正、錄為五員，學生充學諭者十人，直學二人。」三舍
> 生皆緣升貢，遂罷國子監補試。〔註48〕

由上述可知「辟雍」為一高等教育機構，類似現今之「大學」。陳與義
宣和二年庚子（1120）春、夏間喪母，故去官服喪。〔註49〕

宣和四年壬寅（1122），陳與義三十三歲，「丁內艱，服除，為太
學博士」〔註50〕，《陳與義年譜》亦云：「宣和四年夏，服除。七月，擢
太學博士。」〔註51〕博士之職務，依《宋史・職官志五》所載：「掌分

〔註45〕 意引白敦仁：《陳與義年譜》，卷一，頁 28、30。
〔註46〕 參見（元）脫脫等著，楊家駱主編：《新校本宋史并附編三種・志第一
　　　　百二十》，卷一百六十七，頁 3976。
〔註47〕 引自白敦仁：《陳與義年譜》，卷一，頁 46。
〔註48〕 節自（元）脫脫等著，楊家駱主編：《新校本宋史并附編三種・志第一
　　　　百一十》，卷一百五十七，頁 3663。
〔註49〕 意引白敦仁：《陳與義年譜》，卷二，頁 55～56。
〔註50〕 參見（宋）張嵲：《紫微集》，收於《景印文淵閣四庫全書》集部別集
　　　　類，第一一三三冊，卷三十五，頁九左半，總頁 647。
〔註51〕 參見白敦仁：《陳與義年譜》，卷二，頁 68。

經講授，考校程文，以德行道藝訓導學者。」〔註52〕至宣和五年癸卯（1123），因宋徽宗十分喜愛陳與義〈和張規臣水墨梅五絕〉之第四首，故擢升為秘書省著作佐郎〔註53〕。葛勝仲〈陳去非詩集序〉云：

> 宣和中，徽宗皇帝見其所賦〈墨梅〉詩善，亟命召對，有見晚之嗟，遂登冊府，擢掌符璽……所謂「詩能達人」，公殆其一也。〔註54〕

葛勝仲即為推薦陳與義〈墨梅〉一詩之人，故其言當可據信〔註55〕。胡仔《苕溪漁隱叢話》亦云：

> 去非〈墨梅絕句〉云：「含章簷下春風面，造化功成秋兔毫。意足不求顏色似，前身相馬九方皐。」後徽廟召對，稱賞此句，自此知名，仕宦亦寖顯。〔註56〕

除了葛勝仲、胡仔外，曾敏行《獨醒雜志》亦云：

> 花光仁老作墨花，陳去非與義題五絕句，其一云：「含章簷下春風面，造化功成秋兔毫。意足不求顏色似，前身相馬九方皐。」徽廟見而喜之，召對擢用。畫因詩重，人遂為此畫。〔註57〕

綜上所述，則可知葛勝仲所謂「擢掌符璽」；胡仔所謂「仕宦亦寖顯」；曾敏行所謂「召對擢用」，皆指升任秘書省著作佐郎〔註58〕，而此官職掌管修纂日曆之務〔註59〕。胡穉所撰之〈簡齋先生年譜〉云：「宣和六

〔註52〕引自（元）脫脫等著，楊家駱主編：《新校本宋史并附編三種‧志第一百一十八》，卷一百六十五，頁3911。

〔註53〕意引白敦仁：《陳與義年譜》，卷二，頁71。

〔註54〕節自（宋）葛勝仲：《丹陽集》，收於嚴一萍輯《原刻景印叢書集成》第三編，臺北：藝文印書館，1971年，卷八，頁五右半。

〔註55〕意引白敦仁：《陳與義年譜》，卷二，頁71～72。

〔註56〕引自（宋）胡仔：《苕溪漁隱叢話》，臺北：長安出版社，1978年12月，前集卷第五十三，頁361。

〔註57〕引自（宋）曾敏行：《獨醒雜志》，上海：上海古籍出版社，1986年6月，卷四，頁30～31。

〔註58〕意引白敦仁：《陳與義年譜》，卷二，頁71。

〔註59〕意引（元）脫脫等著，楊家駱主編：《新校本宋史并附編三種‧志第一

年甲辰閏三月，除司勳員外郎，為省闈考官。」〔註60〕〈陳公資政墓誌銘〉云：「丁內艱，服除為太學博士，著作佐郎，司勳員外郎，擢符寶郎。」〔註61〕另，《宋史・文苑列傳七》亦云：「累遷太學博士，擢符寶郎。」〔註62〕由此可知〈簡齋先生年譜〉未記載擢升符寶郎之事。《宋史・職官志三》云：「司勳員外郎參掌勳賞之事。」〔註63〕又，《宋史・職官志一》：「符寶郎掌外廷符寶之事。」〔註64〕

　　宣和六年甲辰十二月，陳與義自符寶郎貶謫為監陳留酒稅〔註65〕，按《宋史・文苑列傳七》：「尋謫監陳留酒稅。」〔註66〕未載貶謫之因，〈陳公資政墓誌銘〉則云：

> 擢符寶郎，謫監陳留酒。始公為學官，居館下，辭章一出，
> 名動京師，諸貴要人爭客之。時為宰相者橫甚，強欲知公，
> 不且得禍。公為其麾逐，宰相敗，因足得罪。〔註67〕

據此以知陳與義因被宰相推薦而顯達；亦因宰相失勢而被貶謫，然張嵲未載宰相何人，章定《名賢氏族言行類編》則有明確記載：

> 宣和中，擢館職符寶郎，坐上竟能相例出。〔註68〕

〔　　　〕　　百一十七》，卷一百六十四，頁3873。
〔註60〕　參見（宋）胡穉：《增廣箋註簡齋詩集》，頁四左半。
〔註61〕　參見（宋）張嵲：《紫微集》，收於《景印文淵閣四庫全書》集部別集類，第一一三三冊，卷三十五，頁九左半，總頁647。
〔註62〕　參見（元）脫脫等著，楊家駱主編：《新校本宋史并附編三種・列傳第二百四》，卷四百四十五，頁13129。
〔註63〕　引自（元）脫脫等著，楊家駱主編：《新校本宋史并附編三種・志第一百一十六》，卷一百六十三，頁3838。
〔註64〕　引自（元）脫脫等著，楊家駱主編：《新校本宋史并附編三種・志第一百一十四》，卷一百六十一，頁3781。
〔註65〕　意引白敦仁：《陳與義年譜》，卷二，頁80。
〔註66〕　參見（元）脫脫等著，楊家駱主編：《新校本宋史并附編三種・列傳第二百四》，卷四百四十五，頁13129。
〔註67〕　參見（宋）張嵲：《紫微集》，收於《景印文淵閣四庫全書》集部別集類，第一一三三冊，卷三十五，頁九左半～十右半，總頁647～648。
〔註68〕　引自（宋）章定：《名賢氏族言行類編》，收於《景印文淵閣四庫全書》子部類書類，第九三三冊，臺北：臺灣商務印書館，1983年，卷十一，頁二十五右半，總頁164。

據知陳與義因受王黼推薦而被擢升，王黼遭罷相而受牽連，被貶為監陳留酒稅，其職位掌管茶、鹽、酒稅場務運輸及冶鑄之事〔註69〕。宣和七年乙巳，陳與義三十六歲，繼續擔任監陳留酒稅，這可說是他政治仕途的最低潮。

　　宣和七年十二月，金人犯京師，次年靖康之難，陳與義開始艱辛的流離歲月，筆者統整白敦仁《陳與義年譜》中逃難之路線，如下表所示：〔註70〕

表格三：陳與義逃難之路線

年　份	陳與義年齡	路　　線
靖康元年丙午	三十七	陳留→商水→舞陽→南陽→陳留→汝葉→方城→光化→崇山→鄧州。
建炎元年丁未	三十八	此年居鄧州。
建炎二年戊申	三十九	鄧州→房州→南山→回谷→均州→石城→岳州。
建炎三年己酉	四十	岳州→洞庭湖→華容→岳州→潭州→衡州。
建炎四年庚戌	四十一	衡州→邵陽→貞牟→邵州→永州→道州→桂嶺→秦巖→臨賀。
紹興元年辛亥	四十二	臨賀→康州→封州→廣州→庾嶺→羅浮山→漳州→雁蕩山→黃巖→台州→平陽→紹興。

六年的飄泊流亡，陳與義行跡之處遍及河南到湖北、湖南、廣東、福建、浙江等地，「雖時帶官職，但都是微官輕職」〔註71〕，〈陳公資政墓誌銘〉云：「久之，召為兵部員外郎，以紹興元年夏至行在所，為起居郎。」〔註72〕《宋史‧文苑列傳七》未記起居郎之事，餘則相

〔註69〕意引（元）脫脫等著，楊家駱主編：《新校本宋史并附編三種‧志第一百二十》，卷一百六十七，頁3983。

〔註70〕意引白敦仁：《陳與義年譜》，卷三～卷四，頁86～144。

〔註71〕參見吳淑鈿：《陳與義詩歌研究》，臺北：文津出版社，1993年1月，頁60。

〔註72〕參見（宋）張嵲：《紫微集》，收於《景印文淵閣四庫全書》集部別集類，第一一三三冊，卷三十五，頁十右半，總頁648。

同〔註 73〕。據知陳與義在避亂歲月之後期出任兵部員外郎，並於紹興
元年（1131）夏季抵達行在所，後為起居郎。按《宋史‧職官志三》載
兵部員外郎職務為「參掌本部長貳之事」〔註 74〕，又，起居郎職務為
「掌記天子言動。凡朝廷命令赦宥、禮樂法度損益因革、賞罰勸懲、群
臣進對、文武臣除授及祭祀宴享、臨幸引見之事，四時氣候、四方符
瑞、戶口增減、州縣廢置，皆書以授著作官」〔註 75〕。

　　紹興二年（1132）壬子，陳與義四十三歲，四月時擔任左通直郎、
中書舍人，十月兼侍講〔註 76〕。左通直郎為文散官，中書舍人掌管起
草詔書、奏章〔註 77〕。另，《建炎以來繫年要錄》曰：

　　　紹興二年八月辛亥，是日，中書舍人陳與義兼權起居郎。

　　〔註 78〕

《宋史‧文苑列傳七》、〈陳公資政墓誌銘〉及胡穉所撰之年譜均未記
載此事。紹興三年（1133）癸丑正月，陳與義除試吏部侍郎兼侍講
〔註 79〕，《建炎以來繫年要錄》亦云：「紹興三年正月己巳，中書舍人
兼侍講陳與義試吏部侍郎。」〔註 80〕又云：「紹興三年七月癸亥，尚
書吏部侍郎陳與義兼權直學士院。」〔註 81〕吏部侍郎職務為掌管文臣
中未遷官者，統整官員之資歷、功罪及朝廷所需官員數，若具遷官資

〔註 73〕　意引（元）脫脫等著，楊家駱主編：《新校本宋史并附編三種‧列傳第
　　　　　二百四》，卷四百四十五，頁 13129。

〔註 74〕　引自（元）脫脫等著，楊家駱主編：《新校本宋史并附編三種‧志第一
　　　　　百一十六》，卷一百六十三，頁 3856。

〔註 75〕　引自（元）脫脫等著，楊家駱主編：《新校本宋史并附編三種‧志第一
　　　　　百一十四》，卷一百六十一，頁 3780。

〔註 76〕　意引（宋）胡穉：《增廣箋註簡齋詩集》，頁五左半。

〔註 77〕　意引（元）脫脫等著，楊家駱主編：《新校本宋史并附編三種‧志第一
　　　　　百一十四》，卷一百六十一，頁 3785。

〔註 78〕　參見（宋）李心傳：《建炎以來繫年要錄》，卷五十七，頁 998。

〔註 79〕　意引（元）脫脫等著，楊家駱主編：《新校本宋史并附編三種‧列傳第
　　　　　二百四》，卷四百四十五，頁 13129。

〔註 80〕　參見（宋）李心傳：《建炎以來繫年要錄》，卷六十二，頁 1061。

〔註 81〕　參見（宋）李心傳：《建炎以來繫年要錄》，卷六十七，頁 1128。

格，即稟奏改官〔註82〕；權直學士院則掌管撰述制、誥、詔、令之事〔註83〕。紹興四年（1134）甲寅二月，陳與義改試禮部侍郎兼侍講兼權直學士院〔註84〕，〈陳公資政墓誌銘〉曰：「拜吏部侍郎，以病辭劇，改禮部。」〔註85〕《建炎以來繫年要錄》亦云：「紹興四年二月丙申，試尚書吏部侍郎兼侍講兼直學士院陳與義移禮部，與義以兼直院，故免劇曹。」〔註86〕按《宋史‧職官志三》之記載，禮部侍郎之職務為「奏中嚴外辦，同省牲及視饌腥熟之節」〔註87〕。同年八月辛丑，陳與義改除徽猷閣直學士知湖州〔註88〕，徽猷閣於大觀二年初建，為收藏宋哲宗御集之處，並置學士、直學士、待制等官加以管理〔註89〕。紹興五年（1135）二月，陳與義「召為給事中，駁議詳雅」〔註90〕，負責「讀中外出納，及判後省之事。若政令有失當，除授非其人，則論奏而駁正之」〔註91〕。是年六月，陳與義因病改遷顯謨閣直學士提舉江州太平觀〔註92〕，《建言以來繫年要錄》云：「紹興五年六月丁巳，給事中陳與義充顯謨閣直學士提舉江州太平觀。與義與趙鼎論事不合，

〔註82〕 意引（元）脫脫等著，楊家駱主編：《新校本宋史并附編三種‧志第一百一十六》，卷一百六十三，頁3835。

〔註83〕 意引（元）脫脫等著，楊家駱主編：《新校本宋史并附編三種‧志第一百一十五》，卷一百六十二，頁3811。

〔註84〕 意引白敦仁：《陳與義年譜》，卷四，頁157。

〔註85〕 參見（宋）張嵲：《紫微集》，收於《景印文淵閣四庫全書》集部別集類，第一一三三冊，卷三十五，頁十右半，總頁648。

〔註86〕 參見（宋）李心傳：《建炎以來繫年要錄》，卷七十三，頁1214。

〔註87〕 參見（元）脫脫等著，楊家駱主編：《新校本宋史并附編三種‧志第一百一十六》，卷一百六十三，頁3853。

〔註88〕 意引（宋）李心傳：《建炎以來繫年要錄》，卷七十九，頁1301。

〔註89〕 意引（元）脫脫等著，楊家駱主編：《新校本宋史并附編三種‧志第一百一十五》，卷一百六十二，頁3820。

〔註90〕 引自（元）脫脫等著，楊家駱主編：《新校本宋史并附編三種‧列傳第二百四》，卷四百四十五，頁13129。

〔註91〕 參見（元）脫脫等著，楊家駱主編：《新校本宋史并附編三種‧志第一百一十四》，卷一百六十一，頁3779。

〔註92〕 意引（宋）張嵲：《紫微集》，收於《景印文淵閣四庫全書》集部別集類，第一一三三冊，卷三十五，頁十右半，總頁648。

故引疾求去。」〔註93〕所論何事，今已不可考。顯謨閣為存放宋神宗御集之處，置學士、直學士、待制等官負責管理〔註94〕。紹興六年（1136）六月壬戌，陳與義復用為中書舍人兼直學士院兼侍講〔註95〕。「十一月辛未，中書舍人兼直學士院兼侍講陳與義為翰林學士」〔註96〕，翰林學士掌制、誥、詔、令撰述之事〔註97〕。紹興七年（1137）丁巳，陳與義四十八歲，正月時，「任參知政事，唯師用道德以輔朝廷，務尊主威而振綱紀」〔註98〕，《宋史‧職官志一》：「參知政事，掌副宰相，毗大政，參庶務。」〔註99〕可知此為陳與義仕途中位階最高之官位。紹興八年（1138）戊午，陳與義四十九歲，《建炎以來繫年要錄》云：「三月甲午，左中大夫參知政事陳與義罷為資政殿學士，特遷左太中大夫知湖州，與義仕政府未滿歲也。」〔註100〕〈陳公資政墓誌銘〉亦云：「以疾請去，凡五請而後許。以資政殿學士特轉左中大夫知湖州。」〔註101〕此時身體狀況已大不如前，病情愈來愈嚴重。〈陳公資政墓誌銘〉記載了陳與義逝世之事：

> 公疾益慢，遂請閒提舉臨安府洞霄宮。是年冬，疾大甚，十一月某甲子，薨於烏墩之僧舍，年四十九。訃聞，贈某官，令有司給葬事。〔註102〕

〔註93〕參見（宋）李心傳：《建炎以來繫年要錄》，卷九十，頁1505。

〔註94〕意引（元）脫脫等著，楊家駱主編：《新校本宋史并附編三種‧志第一百一十五》，卷一百六十二，頁3820。

〔註95〕意引白敦仁：《陳與義年譜》，卷四，頁173。

〔註96〕參見（宋）李心傳：《建炎以來繫年要錄》，卷一百六，頁1730。

〔註97〕意引（元）脫脫等著，楊家駱主編：《新校本宋史并附編三種‧志第一百一十五》，卷一百六十二，頁3811。

〔註98〕引自（元）脫脫等著，楊家駱主編：《新校本宋史并附編三種‧列傳第二百四》，卷四百四十五，頁13130。

〔註99〕參見（元）脫脫等著，楊家駱主編：《新校本宋史并附編三種‧志第一百一十四》，卷一百六十一，頁3775。

〔註100〕引自（宋）李心傳：《建炎以來繫年要錄》，卷一百一十八，頁1912。

〔註101〕引自（宋）張嵲：《紫微集》，收於《景印文淵閣四庫全書》集部別集類，第一一三三冊，卷三十五，頁十左半，總頁648。

〔註102〕引自（宋）張嵲：《紫微集》，收於《景印文淵閣四庫全書》集部別集

除上述外，《建炎以來繫年要錄》亦記載：

> 紹興八年十一月，是月，資政殿學士提舉臨安府洞霄宮陳與
> 義薨於湖州。〔註103〕

據知陳與義逝世年月及地點，然關於葬地，〈陳公資政墓誌銘〉僅稱：「以某年、月、日葬某所。」〔註104〕未述其地；考牟巘《陵陽集》云：

> 除資政殿學士知湖州，歸老烏墩之精舍，既歿，遂窆於歸安
> 縣廣德鄉上強里之岩山。〔註105〕

牟巘所記足以補〈陳公資政墓誌銘〉所略，據知陳與義之葬地。

　　陳與義一生出任過許多官職，從二十四歲上舍及第釋褐、授文林郎開始，至四十九歲逝世前，二十五年歲月中，政途起起伏伏。曾因當權宰相之薦而受到拔擢；亦曾因黨派鬥爭而遭貶謫；更因靖康之難目睹了國破家亡之慘狀，最後，終於受到重用而出任參知政事。忠誠廉正的陳與義多次上奏獻計，面對強大的金人絲毫不畏懼〔註106〕，另外，在朝廷上極力推薦人才，亦不隨意道人是非，為人正直剛強，因此受到許多士人之讚揚〔註107〕，再再可見陳與義唯才是用、為國奉獻之精神，以及耿直不阿之品德。

二、重要交遊

　　陳與義因避亂或遷官，足跡遍布了宋朝大部分的疆域。在如此遼闊之羈旅生涯中，結識了相當多人物，然而在眾多朋友中，較常往來且具史料可供考查的卻寥寥無幾。筆者將先介紹陳與義之師──崔鶠，

　　　　類，第一一三三冊，卷三十五，頁十左半，總頁648。

〔註103〕引自（宋）李心傳：《建炎以來繫年要錄》，卷一百二十三，頁2005。

〔註104〕引自（宋）張嵲：《紫微集》，收於《景印文淵閣四庫全書》集部別集類，第一一三三冊，卷三十五，頁十左半，總頁648。

〔註105〕引自（宋）牟巘：《陵陽集》，收於《景印文淵閣四庫全書》集部別集類，第一一八八冊，卷十一，頁十七右半，總頁98。

〔註106〕意引（元）脫脫等著，楊家駱主編：《新校本宋史并附編三種·列傳第二百四》，卷四百四十五，頁13130。

〔註107〕意引（元）脫脫等著，楊家駱主編：《新校本宋史并附編三種·列傳第二百四》，卷四百四十五，頁13130。

再依照詩作中唱和次數最多者，依序列出三名人物。由於陳與義同陳與能、張元方及張元東亦有多次唱和，然而於前處「家世淵源」中已論述，故此處不列。

（一）崔鷗（1057～1126）

崔鷗之生平，據《宋史·列傳第一百一十五》云：

> 崔鷗，字德符，雍丘人。父毗，徙居潁州，遂為陽翟人。登進士第，調鳳州司戶參軍、筠州推官。〔註108〕

據知崔鷗曾任官職。宋徽宗初立，崔鷗上書讚頌司馬光之忠誠，並批評宰相章惇奸佞，宋徽宗覽而善之，授崔鷗為相州教授。後蔡京上書，以崔鷗為邪等，崔鷗遭免官。久之，調績溪令〔註109〕。崔鷗之晚年，《宋史·列傳第一百一十五》曰：

> 移病歸，始居鄢城，治地數畝，為潭淨圃。屏處卜餘年，人無貴賤長少，悉尊師之。宣和六年，召為殿中侍御史，……仕右正言、龍圖閣直學士主管嵩山崇福宮，命下而卒。〔註110〕

由上述而知崔鷗之生平經歷，另，《宋史》記載其詩文評價云：

> 鷗平生為文至多，輒為人取去，篋無留者。尤長於詩，輕峭雄深，有法度。無子，壻衛昂集其遺文，為三十卷，傳於世。〔註111〕

除《宋史》外，《宋詩紀事》亦載崔鷗之事：

> 崔鷗，字德符，雍丘人，徙陽翟。元祐中第進士，元符末上書入邪等，坐廢三十年。靖康初，擢右正言，以疾乞解官，

〔註108〕引自（元）脫脫等著，楊家駱主編：《新校本宋史并附編三種·列傳第一百一十五》，卷三百五十六，頁11213。

〔註109〕分見（元）脫脫等著，楊家駱主編：《新校本宋史并附編三種·列傳第一百一十五》，卷三百五十六，頁11213～11215。

〔註110〕引自（元）脫脫等著，楊家駱主編：《新校本宋史并附編三種·列傳第一百一十五》，卷三百五十六，頁11215。

〔註111〕引自（元）脫脫等著，楊家駱主編：《新校本宋史并附編三種·列傳第一百一十五》，卷三百五十六，頁11217。

除直龍圖閣，提舉嵩山崇福宮卒。自號婆娑先生，有婆娑

集。〔註112〕

《宋史·藝文志七》錄《崔鷗集》三十卷，然現今已亡佚〔註113〕。《漫

叟詩話》著錄崔鷗三首詩作：

> 潁昌崔鷗德符，博學能詩，嘗惠予三詩，其一〈潛心齋詩〉：
> 「雙扉掩餘香，一榻下涼幔。前人嗟不死，萬古映黃卷。時
> 時擷英華，一一詣微遠。鼎食姑置之，此味良不淺。」〈止遽
> 軒詩〉：「我如萬斛舡，歲久腰已懶。誰能逐相師，終日問手
> 板。去謀一寸安，輒被三尺挽。憐公謝蠻觸，鼓臥旗亦僵。」
> 〈丈室詩〉：「此家英妙姿，玉雪照冠冕。新詩一何似？鸞鵠
> 見蕭散。躡屬往從之，寧復念重跰。」〔註114〕

《宋詩紀事》亦錄崔鷗十六首詩，今節錄三首如下：

> 〈鄱陽詩〉：記得詩狂欲發時，鄱陽湖裡月明知。無人為覓桓
> 伊笛，自卷秋蘆片葉吹。

> 〈會節園梅花下作〉：去年白玉花，結子深林閒。小憩藉清影，
> 低鬟啄微酸。故人不復見，春事今已闌。繞樹尋履迹，空餘
> 土花斑。

> 〈秋日即事〉：秋草門前已沒韃，更無人過野人家。離離疎竹
> 時聞雨，淡淡輕煙不隔花。〔註115〕

劉克莊《後村詩話》亦對崔鷗之詩有所評論：

> 崔德符詩，幽麗高遠，了不蹈襲，蓋用功最深者。〈觀魚〉云：
> 「小魚喜親人，可釣亦可網。大魚自有神，隱見誰能量。老
> 禪雖無心，施食不肯嘗。時於千尋底，隱見如龍章。」〈桃花〉：

〔註112〕引自（清）厲鶚：《宋詩紀事》，臺北：中華書局，1971年4月，卷三
十二，頁727。

〔註113〕意引鄭騫：《陳簡齋詩集合校彙注》，頁431。

〔註114〕轉引（宋）胡仔：《苕溪漁隱叢話》，前集卷第五十二，頁358。

〔註115〕引自（清）厲鶚：《宋詩紀事》，卷三十二，頁728～729。

「如何一朽株，孕此千億花。雖云行且闔，明歲亦再華。豈
如世上人，一老不復佳。」……皆精詣可吟諷。〔註116〕

雖無緣一見《崔鷗集》，然從上述數首詩可窺知崔鷗幽深自然之詩作風
格，亦可知多位文人對其詩作讚譽有加。

徐度《卻掃編》記載陳與義曾向崔鷗學詩一事：

陳參政去非少學詩於崔鷗德符，嘗請問作詩之要，崔曰：「凡
作詩，工拙所未論，大要忌俗而已。天下書雖不可不讀，然
慎不可有意於用事。」〔註117〕

據知崔鷗作詩之兩人原則為「忌俗」及「不可有意於用事」，陳與義受
其影響，亦以此為作詩之規準。葛立方《韻語陽秋》云：

陳去非嘗謂余言：「唐人皆苦思作詩，所謂吟安一箇字，撚斷
數莖鬚，句向夜深得，心從大外歸。吟成五字句，用破一生
心，蟾蜍影裡清吟苦，舴艋舟中白髮生之類者是也。故造語
皆工、得句皆奇，但韻格不高，故不能參少陵逸步。」〔註118〕

由此可知陳與義認為傑出詩作之條件並非「造語皆工」、「得句皆奇」，
而是具備「高超之韻格」，呼應了崔鷗所謂「忌俗」、「不可有意於用
事」，即知崔鷗於詩歌創作原則上對陳與義之影響。劉克莊《後村詩
話》亦云：

薛能云：「詩深不敢論。」鄭谷云：「暮年詩律在，新句更幽
微。」詩至於深微極玄，絕妙矣；然二子皆不能踐此言。唐
人惟韋、柳，本朝惟崔德符、陳簡齋能之。〔註119〕

劉克莊認為在宋朝僅崔鷗、陳與義二人的詩能達到「高深」、「幽微」的
境界。此皆可說明崔鷗對陳與義在詩歌上之影響。

〔註116〕引自（宋）劉克莊：《後村詩話》，前集卷二，頁27。
〔註117〕引自（宋）徐度：《卻掃編》，收於嚴一萍輯《原刻景印百部叢書集成》，
臺北：藝文印書館，1971年，卷中，頁十二左半。
〔註118〕引自（宋）葛立方：《韻語陽秋》，北京：中華書局，1985年，卷二，
頁9～10。
〔註119〕引自（宋）劉克莊：《後村詩話》，續集卷二，頁107。

（二）席益（1089～1139）

關於席益生平，《宋史》記載甚少，《宋史‧列傳第一百六》：「席旦子益，字大光，紹興初，參知政事。」〔註120〕未載席益事本末。《建炎以來繫年要錄》記席益事頗詳，茲節錄之：

> 建炎元年五月丙午，初，金人犯河中，守臣徽猷閣待制席益遁去。九月甲午，坐棄河中落職。二年三月癸卯，河東制置使趙宗印自襄陽移屯郢州，守臣席益請之也。三年六月，知郢州席益再任直龍圖閣，以守境，故有是命。四年五月，試中書舍人。紹興元年九月，兼權直學士院，辛亥，為顯謨閣待制，知溫州。紹興二年正月至八月，移衢州再至平江府。九月壬戌，集英殿修撰知平江府席益試尚書吏部侍郎，尋兼侍講。三年正月己巳尚書吏部侍郎兼侍講席益試工部尚書兼權吏部尚書。二月辛亥，席益參知政事。四年二月癸未，參知政事席益充資政殿學士提舉江州太平觀。六月丁酉，任端明殿學士知潭州。五年十月乙卯，為資政殿學士，成都潼川夔州利州路安撫制置大使，兼知成都府。紹興九年四月甲戌，前資政殿大學士席益未免喪，薨於溫州。〔註121〕

據知席益和陳與義相同，皆曾任參知政事。

《簡齋詩集》中，與席益有關的最早一首詩為〈與伯順飯於文緯大光出宋漢杰畫秋山〉，時為宣和六年秋〔註122〕，陳與義時任符寶郎，相會之地當在京師〔註123〕。席益長陳與義一歲，「大約是年紀相近，又同

〔註120〕參見（元）脫脫等著，楊家駱主編：《新校本宋史并附編三種‧列傳第一百六》，卷三百四十七，頁11017。

〔註121〕分見（宋）李心傳：《建炎以來繫年要錄》，卷五，頁133、卷九，頁214、卷十四，頁303、卷二十四，頁502、卷三十三，頁643、卷四十七，頁841、847、卷五十八，頁1005、卷六十二，頁1061、卷六十三，頁1075、卷七十三，頁1209、卷七十七，頁1266、卷九十四，頁1556、卷一二七，頁2072。

〔註122〕意引白敦仁：《陳與義年譜》，卷二，頁78。

〔註123〕意引楊玉華：《陳與義陳師道研究》，頁43。

是洛陽人的關係，故彼此情誼特深」〔註124〕。《簡齋詩集》中共有二十三首與席益之唱和詩，即使分隔兩地，兩人亦常有詩書往來，詩句中流露對友人濃濃之思念，如〈得席大光書因以詩迓之〉：「十月高風客子悲，故人書到暫開眉。」〔註125〕又如〈春夜感懷寄席大光〉：「苦憶西州老太守，何時相伴一燈前。」〔註126〕再如〈寄大光一絕句〉：「心折零陵霜入鬢，更修短札問何如。」〔註127〕情感濃烈，可證明兩人友誼之深厚。

（三）葛勝仲（1072～1144）

葛勝仲生平，按《宋史・文苑列傳七》所記載：

> 葛勝仲，字魯卿，丹陽人。登紹聖四年進士第，調杭州司理參軍，林希薦試學官及詞科，俱第一，除兗州教授，入為太學正。上幸學，多獻頌者，勝仲獨獻賦，上命中書第其優劣，勝仲為首，差提舉議曆所檢討官兼宗正丞。始，朝廷以從臣提舉議曆所，至是，代以郭天信，勝仲力請罷之，稍遷禮部員外郎。……任知歙州休寧縣、權國子司業、太常少卿。……勝仲為〈仁〉、〈孝〉、〈學〉三論獻之太子，復採春秋、戰國以來歷代太子善惡成敗之迹，日進數事。詔嘉之，徙太府少卿，除國子祭酒。尋知汝洲。李彥括田，破產者眾，勝仲請蠲不當括者，彥怒，劾勝仲，上寢其奏，改湖州，尋徙鄧州。建炎中，范宗尹為相，凡前日以朋附被罪遠貶者，咸赦還，復知湖州。時群盜縱橫，聲搖諸郡，勝仲修城郭，作戰艦，閱士卒，賊知有備，引去。歲大饑，發官廩振之，民賴以濟。紹興元年，丐祠歸。十四年，卒，年七十三，謚文康。子立方，官至侍從。孫邲，為右相。〔註128〕

〔註124〕參見吳淑鈿：《陳與義詩歌研究》，頁70。

〔註125〕引自鄭騫：《陳簡齋詩集合校彙注》，卷十七，頁174。

〔註126〕引自鄭騫：《陳簡齋詩集合校彙注》，卷二十，頁206。

〔註127〕引自鄭騫：《陳簡齋詩集合校彙注》，卷二十六，頁266。

〔註128〕引自（元）脫脫等著，楊家駱主編：《新校本宋史并附編三種・列傳第二百四》，卷四百四十五，頁13142～13143。

觀葛勝仲為論獻太子、備戰防賊、發廩救濟饑荒等事蹟,可知其具民胞物與、忠心衛國之精神。又如葛勝仲之婿——章倧所著之〈文康葛公行狀〉,亦詳載葛勝仲之生平經歷:

> 公諱勝仲,字魯卿,其先嬴姓,夏后氏封國於葛,春秋時嘗見於經,其後子孫因以為氏。漢魏之世,著籍廣陵。唐天祐中,有諱濤者,避孫楊連兵之禍,從江陰家焉。……隱居不仕,於公為高祖,娶焦氏,是生尚書至通議、清孝皆以進士擢第。……公幼警敏,日誦書千言,九歲能屬文。初,清孝篤志孝養,未暇為公擇師。一日,公白清孝曰:「某人不足以為某師。」清孝駭問其故,公徐於袖中出文薰,清孝遽取視,則語盡驚人而師所竄定皆非是,逎笑而頷之,遂為公易師。清孝嘗與客論文,偶有遺忘,召公問之,酬答如響,一座嘆異,自是賓朋會集,必使公侍左右。年十五而學成,於經史無不精通。年十六應開封舉中其選,年十九丁內艱,……紹聖三年,復預開封優選。明年試南宮時,再用經義取士,知舉文節林公希謂公邃於經旨,乃擢寘高等,遂登是歲進士第。……大觀元年五月,用幸學恩循承直郎,差充提舉議歷所檢討官。……大觀二年八月,以議廟制與時論不合,責知歙州休寧縣。……政和元年,磨勘轉朝散郎加雲騎尉。三年,復召為禮部員外郎,以預議元圭轉朝請郎,未幾遷吏部員外郎。四年,擢國子司業。……宣和元年知汝州。……宣和四年七月,轉太中大夫,徙知湖州。……建炎四年,復集英殿修撰,再知湖州。……紹興元年六月,轉左正議大夫。冬,復顯謨閣待制,提舉亳州明道宮。公在郡,留心庶政,事雖甚微,亦不輕委其屬。視其民如恐傷之,有利立行、有害立去,邦人愛公如父母,出境之日,民挽車號泣,送數十里不絕。至今言及公,猶以手加額,頌歎不已。……與子孫講論文藝,朝夕不置閨門之內,誦相聞,彬彬若庠序然。有文集八十卷、外集二十卷。享年七十有三,時紹興十四年九

月八日也。〔註129〕

由《宋史》及〈文康葛公行狀〉可知葛勝仲自小天賦優異，任官職時愛民如子、深得民心，亦著有詩文集。

葛勝仲和陳與義相識於汝州，當時葛勝仲任知州，而陳與義三十一歲，「丁內艱，憂居汝州」〔註130〕。葛立方《韻語陽秋》中提到葛勝仲與段寶臣、富季申及陳與義來往之事：

> 先文康公知汝州日，段寶臣為教官，富季申為魯山主簿，而
> 陳去非以太學錄持服來寓。立方先人語人曰：「是三子者，非
> 凡偶近器也。」……列三人者薦於朝，以為可用；仍以去非
> 〈墨梅詩〉繳進。於是，去非除太學博士，季申除京西漕屬，
> 寶臣亦相繼褒擢。〔註131〕

可知葛勝仲甚為賞識陳與義等人，且數相唱和，《簡齋詩集》中共有二十三首與葛勝仲唱和詩；《丹陽集》中，葛勝仲次韻陳與義的詩小有十三首，可見兩人之好交情。而在陳與義詩作中常見對葛勝仲推崇之情，如〈留別葛汝州〉：「平生師友塵莫數，兩眼偏明向公許，　時盛德人中驥，四海知名地上虎。」〔註132〕又如〈游紫邏洞〉：「我不願封萬戶侯，願向紫邏從公游。」〔註133〕讚譽及尊崇之情溢於言表，陳與義雖然僅居汝州三年，應是受到葛勝仲諸多照顧〔註134〕。

（四）孫確

孫確，字信道。《宋史》未載孫確之生平，亦未見於其他史籍文獻，僅張嵲所著之〈哭孫信道并序〉略記其經歷，序云：

> 信道名確，沈晦榜擢甲科。建炎初，作京西運司屬官，蔬食

〔註129〕引自葛勝仲：《丹陽集》，收於《景印文淵閣四庫全書》集部別集類，
　　　　第一一二七冊，卷二十四，頁一左半～十七右半，總頁657～665。
〔註130〕參見白敦仁：《陳與義年譜》，卷二，頁55。
〔註131〕引自（宋）葛立方：《韻語陽秋》，卷十八，頁145～146。
〔註132〕引自鄭騫：《陳簡齋詩集合校彙注》，外集，頁354。
〔註133〕引自鄭騫：《陳簡齋詩集合校彙注》，外集，頁358。
〔註134〕意引吳淑鈿：《陳與義詩歌研究》，頁68。

破裘，晏如也。山中抄書無慮數千卷。今不幸改京秩死，年
止四十。嗚呼！天之生才，而顧使之賞志泉壤哉！〔註135〕

由上述并序知曉孫確曾任京西運司屬官，且英年早逝。〈哭孫信道〉
詩云：

悲君刻意異時流，十載經春著散裘。

新隴預知成馬鬣，舊書何苦似蠅頭？

孟郊骨相終齎志，賈誼才能竟不侯。

寂寞聲名千古事，定知無益夜堂幽。〔註136〕

首聯慨歎孫確過著清貧生活，再以孟郊、賈誼喻孫確懷才不遇，滿腹
才華卻未有機會展露鋒芒，為孫確深感惋惜。

　　陳與義同孫確唱和詩共有七首，集中於宋高宗建炎元年，即陳與
義居鄧州一年餘所作〔註137〕，敘寫兩人徜徉於大自然亦懷有鄉愁之
情，如〈與信道遊澗邊〉：

斜陽照亂石，顛崖下雙筇；試從絕壑底，仰視最奇峰。

迴磴發澗怒，高靄生樹容，半巖菖蒲根，翠葆森伏龍。

豈無避世士，於此儻相逢；客心忽悄愴，歸路迷行蹤。

〔註138〕

前四聯描摹景色，末二聯敘明來此「避世」，也因此對於客居異鄉感到
悲愴。又如〈同信道晚登古原〉：

幽懷忽牢落，起望登古原，微吹度修竹，半林白翻翻。

日暮紛物態，山空銷客魂，惜無一樽酒，與子醉中言。

〔註139〕

〔註135〕引自（宋）張嵲：《紫微集》，收於《景印文淵閣四庫全書》集部別集
　　　　類，第一一三三冊，卷八，頁八左半～九右半，總頁406～407。

〔註136〕引自（宋）張嵲：《紫微集》，收於《景印文淵閣四庫全書》集部別集
　　　　類，第一一三三冊，卷八，頁九右半，總頁407。

〔註137〕意引鄭騫：《陳簡齋詩集合校彙注》，卷十七，頁169。

〔註138〕引自鄭騫：《陳簡齋詩集合校彙注》，卷十八，頁182。

〔註139〕引自鄭騫：《陳簡齋詩集合校彙注》，卷十八，頁184。

前半段同樣描寫景色，後半段由景生情，感嘆身邊無酒，可與孫確暢快飲酒，訴說鄉愁之情。綜上所述，皆可見陳與義及孫確間之深篤情誼。

　　陳與義曾拜師於崔鷗，作詩理念深受其影響。詩集中與席益、葛勝仲及孫確唱和較多，其中尤以席益、葛勝仲最多，席益和陳與義年紀相仿，且為同鄉，不難想像兩人會成為摯友；而葛勝仲長陳與義十八歲，亦成為忘年之交，實屬難得！陳與義雖然與孫確之唱和詩較少，仍能從詩作中感受到兩人於異鄉相伴、扶持之堅定友情。

三、文學成就

（一）自成「新體」

　　形成於北宋末年的江西詩派對於南宋詩壇具重大影響，呂本中作《江西詩社宗派圖》，列陳師道等二十五人為江西詩派之成員。陳與義當時年僅十三歲，與江西詩派前輩亦無師承關係，因此未被列名〔註140〕。當陳與義登上詩壇時，正是江西詩派風靡一世之際，很難想像陳與義完全不受影響，此外，陳與義十分推崇陳師道，認為其詩是「不可不讀者」〔註141〕，劉辰翁亦描述陳與義詩為「以後山體用後山，望之蒼然，光景明麗，肌骨勻稱」〔註142〕，可知陳與義深受陳師道影響。南宋晚期，嚴羽《滄浪詩話》論詩體則有「陳簡齋體」〔註143〕，認為陳與義詩具特定內涵、自成體系，此四字下注云：

　　　陳去非，與義也，亦江西之派而小異。〔註144〕

〔註140〕意引程千帆、吳新雷：《兩宋文學史》，高雄：麗文文化出版社，1993年，頁306。

〔註141〕引自（宋）徐度：《卻掃編》，收於嚴一萍輯《原刻景印百部叢書集成》，卷中，頁十二左半。

〔註142〕轉引白敦仁：《陳與義集校箋》，上海：上海古籍出版社，1990年，頁1016。

〔註143〕參見（宋）嚴羽撰，（清）胡鑑注：《滄浪詩話注》，臺北：廣文書局，1972年1月，卷二，頁五左半，總頁36。

〔註144〕引自（宋）嚴羽撰，（清）胡鑑注：《滄浪詩話注》，卷二，頁六右半，總頁37。

陳與義定受到江西詩派影響，故「亦江西之派」是能夠理解的，末三字
「而小異」則凸顯了陳與義詩獨特之處；吳澄亦云：

> 宋參政簡齋陳公於詩，超然悟入。吾嘗窺其際，蓋簡齋古體
> 自東坡氏，近體自後山氏，而神化之妙，簡齋自簡齋也。近
> 世往往尊其詩，得其門者或寡矣。〔註145〕

吳澄所謂「神化之妙」即是嚴羽所言「小異」，也是陳與義備受尊崇之
因。儘管無法將其詩歌和江西詩派完全切割，「陳與義在某種程度上又
與江西詩派背離，即對江西詩派的一般規範和宗趣有所突破和超越，
這種異質性恰好是它自成一體的根本所在」〔註146〕。

　　陳與義詩歌大致以靖康事變為分界點，前期以清迴幽邃者居多，
後期以雄渾壯闊見勝〔註147〕。國破家亡的危機激發了陳與義，使其創
作題材及風格有了變化，程千帆、吳新雷分析戰亂時期之陳與義詩：

> 黃庭堅、陳師道都以學杜相號召，但他們主要著眼於學習杜甫
> 的藝術技巧。陳與義卻經歷了與杜甫相似的時代，山河破碎的
> 形勢和顛沛流離的遭遇，使他對杜詩的思想性的認識遠較其
> 前輩為深刻。……從此以後，愛國主義的主題在陳與義的詩中
> 佔了主導地位。這些作品感時撫事，慷慨激越，寄託遙深，給
> 宋詩增添了光輝的篇章。……這些詩篇裡都為詩人憂深思遠
> 的愛國精神所攝取，所滲透，而熔鑄成為富於奇情壯采的篇
> 章，此時，陳與義已經不是江西派所能範圍，而他對杜甫的學
> 習，也已明顯地超過其前輩而自成面目了。〔註148〕

〔註145〕引自（元）吳澄：《吳文正集》，收於《景印文淵閣四庫全書》集部別
　　　　集類，第一一九七冊，臺北：臺灣商務印書館，1983 年，卷十五，頁
　　　　五右半，總頁 164。
〔註146〕參見王术臻：〈《滄浪詩話》「陳簡齋體亦江西之派而小異」疏證〉，《語
　　　　文學刊》，第 11 期，2009 年，頁 6。
〔註147〕意引孫望、常國武主編：《宋代文學史》，北京：人民文學出版社，1996
　　　　年 9 月，頁 399。
〔註148〕引自程千帆、吳新雷：《兩宋文學史》，頁 308～310。

由上述可知，陳與義經歷戰亂後，其詩作已跳脫江西詩風而自成面目。
孫望、常國武亦論述陳與義詩之蛻變：

> 陳與義受江西詩派影響而不為所囿。時代風雨、家國變故，
> 推動了他詩作的劇變。他源於江西而銳意拓展，故能形成
> 歸然獨具的藝術風神。它們不僅是詩人的自我靈魂史，而
> 且含納了社會政治風雲和重大變故，往往能將個人遭遇同家
> 國命運融會一處，具有鮮明的時代感。……就風格而言，江
> 西類多奧峭生新，硬語盤空，陳詩則兼以雄闊慷慨、清迥明
> 淨。〔註149〕

「雄闊慷慨」恰好呼應方回所謂「簡齋詩氣勢渾雄，規模廣大」〔註150〕，
樓鑰〈簡齋詩箋敘〉曰：「參政簡齋陳公，少在洛下，已稱詩俊。南渡
以後，身履百罹，而詩益高，遂以名天下。」〔註151〕劉克莊亦曰：「建
炎以後，避地湖嶠，行路萬里，詩益清壯。」〔註152〕又云：「造次不忘
憂愛，以簡潔掃繁縟，以雄渾代尖巧。」〔註153〕蓋陳與義詩歌因戰亂
爆發，伴隨著愛國精神之發揚，以及在流亡途中接觸了自然美景，風格
從繁縟尖巧發展為簡潔雄渾，而因此名聞遐邇；在宋代即被人們視為
體現有別於當時詩歌創作的新風格，並稱其為「新體」。葛勝仲〈陳去
非詩集序〉對於陳與義詩風之變有以下評論：

> 會兵興搶攘，避地湘廣，泛洞庭，上九疑、羅浮，雖流離困
> 厄，而能以山川秀傑之氣益昌其詩，故晚年賦詠尤工。縉紳士
> 庶爭傳誦，而旗亭傳舍，摘句題寫殆遍，號稱新體。〔註154〕

〔註149〕引自孫望、常國武主編：《宋代文學史》，頁398～399。
〔註150〕參見（元）方回：《瀛奎律髓》，收於《景印文淵閣四庫全書》集部總
集類，第一三六六冊，臺北：臺灣商務印書館，1983年，卷二十四，
頁四十四左半，總頁337。
〔註151〕參見（宋）胡穉：《增廣箋註簡齋詩集》，頁一左半。
〔註152〕參見（宋）劉克莊：《後村詩話》，前集卷二，頁26。
〔註153〕參見（宋）劉克莊：《後村詩話》，前集卷二，頁27。
〔註154〕引自（宋）葛勝仲：《丹陽集》，收於嚴一萍輯《原刻景印叢書集成》
第三編，卷八，頁五右半。

避亂的生活雖然艱辛困頓，但陳與義創作時將山川秀傑之氣注入詩作，提高了詩作之層次，故蔚為流行。「自然意趣」成為陳與義詩作中的重要元素，「不僅創作出了許多清新拔俗的詩篇，還極力提倡師法自然的詩學觀念。所謂的『新體』，很大程度上得益於這一觀念」〔註155〕，如〈尋詩兩絕句〉其一：

> 楚酒困人三日醉，園花經雨百般紅。
>
> 無人畫出陳居士，亭角尋詩滿袖風。〔註156〕

此詩文字清幽明淨，寫出向大自然尋詩。又如〈尋詩兩絕句〉其二：

> 愛把山瓢莫笑儂，愁時引睡有奇功。
>
> 醒來推戶尋詩去，喬木崢嶸明月中。〔註157〕

此二詩皆描摹了景物之美，並提出向自然尋詩之概念，認為詩人應關注廣闊的大自然，從中汲取靈感及創作材料。「師法自然」成為兩宋之際詩壇上精妙之論，對於突破江西詩派艱澀生硬之弊，無疑是對症良藥，並為詩壇注入活力，這是陳與義新體詩的重要內涵〔註158〕。陳善《捫蝨新話》亦云：「世以簡齋詩為新體。」〔註159〕陳與義詩歌在江西詩風仍籠罩詩壇的時代被稱為「新體」，實質上指其已衝破黃、陳藩籬而有自出機杼的創新。〔註160〕其明淨清迥之風格亦具藝術感染力而自成一格。

（二）地位評價

陳與義在南北宋詩壇佔有極重要之地位，其詩歌開拓出自我體格，而創變為後世尊崇摹效之標的，故諸多文人皆對陳與義予以崇高

〔註155〕引自王建生：〈陳與義的「新體」詩〉，《文史知識》，2012 年 3 月，頁108。
〔註156〕引自鄭騫：《陳簡齋詩集合校彙注》，卷二十一，頁213。
〔註157〕引自鄭騫：《陳簡齋詩集合校彙注》，卷二十一，頁213。
〔註158〕意引王建生：〈陳與義的「新體」詩〉，《文史知識》，2012 年 3 月，頁109～110。
〔註159〕引自（宋）陳善：《捫蝨新話》，收於《叢書集成》初編，北京：中華書局，1985 年，上集，卷四，頁45。
〔註160〕意引程千帆、吳新雷：《兩宋文學史》，頁311。

評價。如評論陳與義一改江西詩風之弊，葛勝仲曰：

> 天分既高，用心亦苦，務一洗舊常畦逕。
>
> 意不拔俗，語不驚人，不輕出也。〔註161〕

另外，紀昀亦曰：

> 天分絕高，工於變化，風格逎上，思力沉摰，能卓然自闢蹊
>
> 徑。〔註162〕

「一洗舊常畦逕」及「卓然自闢蹊徑」皆指陳與義自成一體之成就，故方回稱其為「渡江之巨擘」〔註163〕。張嵲〈贈陳符寶去非詩〉讚揚陳與義獨樹一幟之才華：

> 大雅久不作，此風日蕭條，紛紛世上兒，啁啾亂鳴蜩。
>
> 惟公妙句法，字字陵風騷，如鼓清廟絃，聽者無淫謠。
>
> 癯瘦藏貝美，和半藚餘豪，思苦理白奇，志深言益高。
>
> 顧我吟風苦，知公心力勞。世無杜陵老，誰知何水曹，
>
> 柳韋儻可作，論詩應定交。〔註164〕

張嵲認為當時文風蕭條，許久未有大雅之作，惟陳與義句法高妙，獨領風騷，並將其喻為柳、韋，可見張嵲對陳與義之推崇。

　　若評論陳與義詩歌之格調氣節，亦能得到多位文人之肯定。劉克莊即給予極高評價，嘗曰：「第其品格，故當在諸家之上。」〔註165〕又如王明清云：「簡齋出處氣節，翰墨文章為中興大臣之冠。」〔註166〕朱

〔註161〕引自（宋）葛勝仲：《丹陽集》，收於嚴一萍輯《原刻景印叢書集成》第三編，卷八，頁五右半。

〔註162〕引自（清）紀昀：〈簡齋集序〉，收錄於嚴一萍輯《百部叢書集成聚珍版叢書》《簡齋集》，臺北：藝文印書館，1965年，頁三左半。

〔註163〕引自（元）方回：《桐江續集》，收於《景印文淵閣四庫全書》集部總集類，第一一九三冊，臺北：臺灣商務印書館，1983年，卷三十二，頁十四右半，總頁662。

〔註164〕引自（宋）張嵲：《紫微集》，收於《景印文淵閣四庫全書》集部別集類，第一一三三冊，卷四，頁九左半～十右半，總頁371。

〔註165〕參見（宋）劉克莊：《後村詩話》，前集卷二，頁27。

〔註166〕引自（宋）王明清：《揮麈後錄》，收於《筆記小說大觀》十五編，臺北：新興書局，1984年6月，卷三，頁二十右半。

熹嘆其「詞翰絕倫」〔註167〕。至宋末元初，學習陳與義漸成風氣，程文海云：

> 自劉會孟盡發古今詩人之秘，江西詩為之一變，而師昌谷、
> 簡齋最盛，余習時有存者。無他，李變眩，觀者莫敢議；陳
> 清俊，覽者無不悅，此學者急於人知之弊也。〔註168〕

除了學習陳與義之外，元朝文人亦對陳與義詩讚譽有加，如方回云：

> 去非格調高勝，舉一世莫之能及。〔註169〕

方回十分稱許陳與義詩，《瀛奎律髓》中亦多有評論，顯示其對陳與義詩之重視。仇遠著〈讀陳去非集詩〉以表對其詩之欣賞：

> 簡齋吟集是吾師，句法能參杜拾遺。
> 宇宙無人同叫嘯，公卿自古歎流離。
> 窮途劫劫誰憐汝，遺恨茫茫不在詩。
> 莫道墨梅曾遇主，黃花一絕更堪悲。〔註170〕

仇遠表露了稱頌陳與義詩之情，亦表達了對陳與義遭遇之同理悲憐。「元朝詩人們處在民族壓迫深重的情勢下，所以陳與義詩中那種憂國愛民、渴望恢復失地的情懷更容易引起他們強烈的共鳴」〔註171〕，如許有壬〈題陳壁家藏簡齋墓誌後〉曰：

> 世知其詩之工，而不知其心之苦，若「向來萬里意，今在一
> 膓間」之句，予每三復而悲之。〔註172〕

〔註167〕引自（宋）朱熹：《朱文公文集》，臺北：臺灣商務印書館，1980年，卷八十一，頁二十六左半，總頁1470。

〔註168〕引自（元）程文海：《雪樓集》，收於《景印文淵閣四庫全書》集部別集類，第一二〇二冊，臺北：臺灣商務印書館，1983年，卷十五，頁十九右半，總頁204。

〔註169〕引自（元）方回：《瀛奎律髓》，收於《景印文淵閣四庫全書》集部總集類，第一三六六冊，卷二十三，頁四十一左半，總頁309。

〔註170〕引自（元）仇遠：《山村遺集》，收於嚴一萍輯《原刻景印叢書集成》三編，第十八冊，臺北：藝文印書館，1971年，頁十三左半。

〔註171〕參見楊玉華：《陳與義陳師道研究》，頁129。

〔註172〕引自（元）許有壬：《許有壬文集》，收於《永樂大典》第二冊，北京：中華書局，1986年6月，卷三千一百四十七，頁十八右半，總頁1906。

到了明代，明人對宋詩大多採鄙薄態度，宋代詩人大部分遭到貶斥，然對陳與義卻能接受。〔註173〕胡應麟曰：

> 大抵南宋古體推朱元晦，近體無出陳去非。〔註174〕

李開先亦曰：

> 古來詩人，唯一陳簡齋。〔註175〕

上述二位皆推崇陳與義之詩學地位，其中胡應麟更讚揚陳與義學習杜甫之成就：

> 宋之學杜者無出二陳。師道得杜骨，與義得杜肉；無己瘦而
>
> 勁，去非贍而雄；後山多用杜虛字，簡齋多用杜實字。〔註176〕

胡應麟認為陳與義是宋代學杜之佼佼者，且風格與陳師道有異，蔚為一家。到了清代，對前代文學較能兼容並蓄，「為了糾正明人鄙視宋詩的偏見，清人對宋詩的研究、整理與學習特別著意，在創作中學習宋代諸家者頗多，而對簡齋詩的學習研究也相當引人注目」〔註177〕。清代紀昀曰：

> 簡齋風骨高秀，實勝宋代諸公。〔註178〕

紀昀認為陳與義風格精神堪稱宋代第一，賀裳亦曰：

> 陳簡齋詩以趣勝，不知正其著魔處，然其俊氣自不可掩。
>
> 〔註179〕

賀裳亦肯定陳與義之才氣，厲鶚稱許陳與義曰：

> 歿而聲名，焜耀於無窮。〔註180〕

〔註173〕意引楊玉華：《陳與義陳師道研究》，頁129。

〔註174〕引自（明）胡應麟：《詩藪》，臺北：廣文書局，1973年9月，外編卷五，頁十三左半，總頁624。

〔註175〕引自（明）李開先：〈李中麓閒居集序〉，收於《李開先集》，北京：中華書局，1959年12月，頁一。

〔註176〕引自（明）胡應麟：《詩藪》，外編卷五，頁十一右半，總頁619。

〔註177〕分見楊玉華：《陳與義陳師道研究》，頁130～131。

〔註178〕引自（清）紀昀：《瀛奎律髓刊誤》，收於《叢書集成續編》第一四六冊，上海：上海書店出版社，1994年，卷十九，頁七左半，總頁179。

〔註179〕轉錄楊玉華：《陳與義陳師道研究》，頁131。

〔註180〕引自（清）厲鶚：《樊榭山房文集》，收於《樊榭山房全集》第三冊，臺北：文海出版社，1975年，卷三，頁十六左半，總頁904。

陳衍《石遺室詩話續編》亦曰:

> 陳簡齋五言古,在宋人幾欲獨步。以宋人學常建、劉脊虛及
> 韋、柳者也。至《夏日集葆真池上》一首,尤為壓卷之作,
> 屬樊榭平生所心摹力追者,全在此種。〔註181〕

上述評論皆足見陳與義對詩壇貢獻之大,以及對後代影響力之深遠。
直至現代亦有佳評,錢鍾書《宋詩選注》即給予陳與義如此定位:

> 在北宋南宋之交,也許要算他是最傑出的詩人。〔註182〕

吳淑鈿《陳與義詩歌研究》亦下了中肯之評論:

> 就共時性言,與義堪為宋詩一個重要的代表。……他在江西
> 已具特色之後,仍繼續致力於形式和表現方法的開拓與創
> 新,在江西對南宋中期以後的詩壇的影響逐漸收縮的時候,
> 賦予它新的生命力。……他的作品兼備了宋詩人的共性,而
> 自他以後,又漸有復唐音的要求,……故他也是宋詩的集大
> 成者。由此看來,與義實可在宋詩史上佔一重要席位而無愧
> 色。就歷時性言,我們雖未能將與義置於第一流詩人之列,
> 但在中國詩壇上,他不失為「大家數」。〔註183〕

綜上所言,陳與義清新質樸之風格改善了江西詩派之弊病,替宋代詩
壇開啟新的源頭,更獲得「新體」之稱,對宋詩發展實有關鍵作用。其
影響力不僅擴及宋代,更延續至元、明、清,備受後世尊崇,陳與義之
重要地位可見一斑。

第二節　陳與義所處之時代背景

一、北宋（960～1127）

自趙匡胤建立宋朝至趙佶、趙桓二帝遭女真人俘虜,北宋歷經九

〔註181〕轉錄李春霞:〈淺釋陳與義閒淡詩風的價值〉,《佳木斯大學社會科學
　　　　學報》,第27卷第5期,2009年10月,頁69。
〔註182〕引自錢鍾書:《宋詩選注》,北京:人民文學出版社,1988年,頁146。
〔註183〕引自吳淑鈿:《陳與義詩歌研究》,頁205。

朝，計一百六十七年。大致可分三階段，前期包括太祖、太宗二朝；中期則為真宗、仁宗、英宗、神宗、哲宗五朝；後期是徽宗、欽宗二朝。陳與義生於宋哲宗元祐五年庚午（1090），元符三年庚辰（1100）宋哲宗駕崩，端王趙佶繼位，即為宋徽宗，向后垂簾聽政，次年改元「建中靖國」。此二年的時間孕育出「崇寧」政局，成為各種矛盾發展過程中的關鍵時段，實為北宋走向垂危直至覆滅的重要環節〔註184〕。

崇寧元年壬午（1102），陳與義十三歲，宋徽宗起用蔡京為相，蔡京進行大規模的政治迫害，「直接予以打擊、迫害、懲罰的對象主要有三類：元祐黨人及其子孫，元符末年應詔上書直言朝政闕失入邪等者，以及所有的異議者」〔註185〕。按《宋史‧徽宗本紀一》記載：

> 崇寧元年五月庚申，韓忠彥罷。……庚辰，以許將為門下侍郎，溫益為中書侍郎，翰林學士承旨蔡京為尚書左丞，吏部尚書趙挺之為尚書右丞。……六月壬戌，曾布罷。……秋七月戊子，以蔡京為尚書右僕射兼中書侍郎。己丑，焚元祐法。……九月乙未，詔中書籍元符二年臣僚章疏姓名為正上、正中、正下三等，邪上、邪中、邪下三等。……己亥，籍元祐及元符末宰相文彥博等、侍從蘇軾等、餘官秦觀等、內臣張士良等、武臣王獻可等凡百有二十人，御書刻石端禮門。庚子，以元符末上書人鍾世美以下四十一人為正等，悉加旌擢；范柔中以下五百餘人為邪等，降責有差。……十二月丁丑，詔：「諸邪說詖行非先聖賢之書，及元祐學術政事，並勿施用。」〔註186〕

此為朝廷第一次籍黨立碑，將文彥博、蘇軾等一百二十人列為元祐姦黨，並刻石碑以示世人。另外，亦禁止元祐學術之傳播，「元祐學術之

〔註184〕 意引羅家祥：《北宋黨爭研究》，臺北：文津出版社，1993年11月，頁252。

〔註185〕 參見羅家祥：《北宋黨爭研究》，頁287。

〔註186〕 引自（元）脫脫等著，楊家駱主編：《新校本宋史并附編三種‧本紀第十九》，卷十九，頁363～366。

禁本質上乃黨派奪權之爭，舊黨詩人大都能詩善文，其思想不唯在詩，亦存於文章史論著述之中。因此，學術所禁之初系於詩賦，而不可能盡限於此，這是其迅速發展到全面文禁的必然過程」〔註187〕。至崇寧二年癸未（1103），《宋史》有以下記載：

> 崇寧二年三月壬午，詔：「黨人子弟毋得擅到闕下，其應緣趨附黨人罷任在外指射差遣及得罪停替臣僚，亦如之。」……夏四月乙亥，詔毀刊行《唐鑑》并三蘇、秦、黃等文集。……六月庚申，詔：「元符末上書進士，類多詆訕，令州郡遣入新學，依太學自訟齋法，候及一年，能革心自新者許將來應舉，其不變者當屏之遠方。」……九月辛巳，詔宗室不得與元祐姦黨子孫為婚姻。……令天下監司長吏廳各立《元祐姦黨碑》。冬十一月庚辰，以元祐學術政事聚徒傳授者，委監司察舉，必罰無赦。〔註188〕

崇寧二年進行第二次籍黨立碑，對元祐黨人之壓迫漸深、限制愈多，並廣立《元祐姦黨碑》，加強壓制元祐學術政事之授受。《資治通鑑長編紀事本末》亦有記載：

> 崇寧二年九月辛丑，臣僚上言：近出使府界，陳州士人有以端禮門石刻「元祐姦黨」姓名問臣者，其姓名朝廷雖嘗行下，至於御筆石刻，則未盡知也。陛下孚明賞罰，姦臣黨無問存歿，皆第其罪惡，親灑宸翰，紀名刻石，以為天下臣子不忠之戒，而近在畿內輔郡猶有不知者，況四遠乎？欲乞特降睿旨，具列姦黨，以御書刻石端禮門姓名下外路州等，於監司長吏廳立石刊記，以示萬世。〔註189〕

〔註187〕 參見杜若鴻：〈北宋重要詩案與詩歌發展的轉向〉，《浙江大學學報》，第 42 卷第 3 期，2012 年 5 月，頁 175。

〔註188〕 引自（元）脫脫等著，楊家駱主編：《新校本宋史并附編三種・本紀第十九》，卷十九，頁 366～368。

〔註189〕 引自（宋）楊仲良：《資治通鑑長編紀事本末》，收於趙鐵寒編《宋史資料萃編》第二編，臺北：文海出版社，1967 年，卷一百二十一，頁

至崇寧三年（1104），《元祐姦黨碑》確定為三百九人：

> 崇寧三年春正月辛巳，詔：上書邪等人毋得至京師。……五
> 月己卯，以復鄜、廓，蔡京為守司空，封嘉國公。庚辰，許
> 將、趙挺之、吳居厚、安惇、蔡卞各轉三官。六月戊午，詔
> 重定元祐、元符黨人及上書邪等者合為一籍，通三百九人，
> 刻石朝堂，餘並出籍，自今毋得復彈奏。〔註190〕

此為第三次之籍黨立碑，確定元祐黨人之人數，且刻石以示告誡。然
而為何元祐黨人累計達三百餘人？費袞嘗曰：

> 至崇寧間，蔡京悉舉不附己者籍為元祐姦黨，至三百九人之
> 多。於是邪正混淆，其非正人而入元祐黨者，蓋十六七也。
> 〔註191〕

由費袞所言可知此次政治打壓牽涉之廣，遍及朝野上下。「元祐」一詞
已從特定含義演變成寬泛的概念，代表著所有違背宋徽宗及蔡京集團
的勢力與個人〔註192〕，手段之殘暴在宋史上可說是前所未有。《元祐
姦黨碑》毀於崇寧五年正月，並除黨人一切之禁〔註193〕，姦黨碑只存
在了不到四年，然統治集團運用此一極端手段，仍然達到了蔡京等人
之政治目的。此後約二十年間，宋代政治舞臺相對沉寂，而宋徽宗、蔡
京集團則肆無忌憚地開始了腐朽統治〔註194〕。

　　崇寧黨禁後，元祐黨人及其子孫幾近銷聲匿跡，而中立直言的士
大夫亦遭受打擊，也不再勇於向朝廷陳述己見，童貫等宦官為所欲為，
北宋政壇籠罩於烏雲之中。政和七年丁酉（1117），陳與義二十八歲，

十五左半，總頁3668。

〔註190〕引自（元）脫脫等著，楊家駱主編：《新校本宋史并附編三種・本紀
第十九》，卷十九，頁368～369。

〔註191〕引自（宋）費袞：《梁谿漫志》，臺北：廣文書局，1961年，卷三，頁
六右半，總頁89。

〔註192〕意引羅家祥：《北宋黨爭研究》，頁306。

〔註193〕意引（元）脫脫等著，楊家駱主編：《新校本宋史并附編三種・本紀
第二十》，卷二十，頁375。

〔註194〕意引羅家祥：《北宋黨爭研究》，頁294。

適解開德教官任，時在汴京，作《江南春》、《蠟梅》二詩感慨政壇黑暗，《江南春》云：

> 朝風迎船波浪惡，暮風送船無處泊。
>
> 江南雖好不如歸，老薺遶墻人得肥。〔註195〕

前二句為世路風波之慨，並因而有遠離是非之地的想法。《蠟梅》云：

> 家家融蠟作杏蔕，歲歲逢梅是蠟花。
>
> 世間真偽非兩法，映月細看真是蠟。〔註196〕

此四句暗批當時巧偽之風，白敦仁曰：「時蔡京、童貫、梁師成輩方結黨相傾，而王黼亦以巧偽乘間崛起，上行下效，靡然成風。簡齋蓋目覩京朝弊習，發為聲詩，亦有潔身遠引之意。」〔註197〕楊玉華分析陳與義詩曰：

> 由於陳與義剛步入詩壇，一踏上仕途時，正值北宋末年徽宗
> 統治的黑暗年代。統治者的昏庸，朝臣黨派的傾軋，外敵的
> 入侵，農民起義的此起彼伏，使北宋王朝的統治處於風雨飄
> 搖的深重危機之中。青年陳與義長期在汴京太學就讀，對當
> 時危機四伏的社會有較深的體察，故他初期的詩作中缺乏歷
> 代知識分子剛踏入仕途那種樂觀向上、積極進取的精神，更
> 多的是對仕途險惡的感喟，對「為官不救飢」的慨歎，對沉
> 淪下僚的悲憤牢騷及對國家命運的隱憂。〔註198〕

由此可知，陳與義初期詩歌即表現了對國家之擔憂，以及對政治之悲嘆。宣和二年庚子（1120）十月戊辰朔，陳與義三十一歲。建德軍青溪方臘起義，並攻陷建德、歙州、杭州、婺州、衢州、處州，到宣和三年七月戊子，童貫等俘方臘以獻才平定〔註199〕。方臘的起義，象徵人民

〔註195〕引自鄭騫：《陳簡齋詩集合校彙注》，卷二，頁17。
〔註196〕引自鄭騫：《陳簡齋詩集合校彙注》，卷二，頁17。
〔註197〕參見白敦仁：《陳與義年譜》，卷一，頁40。
〔註198〕引自楊玉華：《陳與義陳師道研究》，頁135。
〔註199〕意引（元）脫脫等著，楊家駱主編：《新校本宋史并附編三種・本紀第二十二》，卷二十二，頁406～408。

對腐敗政治的怒吼，而人民的怒火延燒愈烈，短短不到一年便攻陷了六州。張溥曰：

> 徽宗自崇寧改元，迄於宣和，荒淫怠政，幾二十年。方臘始因民不忍，造亂東南，……地非四戰，然禍怨蘊崇，為日久矣，起事未幾，殘破六州。〔註200〕

陳與義著〈連雨賦書事〉四首，第四首云：「白菊生新紫，黃蕪失舊青，俱含歲晚恨，併入夜深聽。夢寐連蕭瑟，更籌亂晦冥。雲移過吳越，應為洗餘腥。」〔註201〕末二句即指方臘起義之事〔註202〕。

　　宣和七年乙巳（1125），陳與義三十六歲，時為陳留酒稅。《宋史·徽宗本紀四》曰：

> 十二月己酉，金人斡離不、粘罕分兩道入攻。郭藥師以燕山叛，北邊諸郡皆陷。又陷忻、代等州，圍太原府。……庚申詔內禪，皇太子即皇帝位。靖康二年二月丁卯，金人脅帝北行。紹興五年四月甲子，崩於五國城。年五十有四。〔註203〕

是年，金人大舉入侵，宋朝國政廢弛已久，國力積弱，完全無力反抗，徽宗匆忙禪位，然頹勢已成，難以挽回，故《宋史》贊曰：

> 跡徽宗失國之由，非若晉惠之愚、孫皓之暴，亦非有曹、馬之篡奪，特恃其私智小慧，用心一偏，疎斥正士，狎近姦諛。於是蔡京以獧薄巧佞之資，濟其驕奢淫佚之志。溺信虛無，崇飾游觀，困竭民力。君臣逸豫，相為誕謾，怠棄國政，日行無稽。及童貫用事，又佳兵勤遠，稔禍速亂。……昔西周新造之邦，召公猶告武王以不作無益害有益，不貴異物賤用物，況宣、政之為宋，承熙、豐、紹聖杼喪之餘，而徽宗又

〔註200〕引自（明）陳邦瞻：《宋史紀事本末》，臺北：三民書局，1973 年，卷五十四，頁 440。

〔註201〕參見鄭騫：《陳簡齋詩集合校彙注》，卷七，頁 65。

〔註202〕意引白敦仁：《陳與義年譜》，卷二，頁 60。

〔註203〕引自（元）脫脫等著，楊家駱主編：《新校本宋史并附編三種·本紀第二十二》，卷二十二，頁 417。

躬蹈二事之弊乎？自古人君玩物而喪志，縱欲而敗度，鮮不
亡者，徽宗甚焉，故特著以為戒。〔註204〕

宋徽宗長子桓即位，改元靖康。靖康元年丙午（1126）正月至二月，金
人第一次犯京師〔註205〕。陳與義時三十七歲，因陳留距汴京僅五十里，
故出奔。作〈發商水道中〉：

商水西門語，東風動柳枝。年華入危涕，世事本前期。
草草檀公策，茫茫杜老詩。山川馬前闊，不敢計歸時。
〔註206〕

由此詩可見當時倉皇出奔之情景。另又作〈鄧州西軒書事〉十首，第五
首曰：

皇家卜年過周曆，變故未必非天仁。
東南鬼火成何事，終待胡鋒作爭臣。〔註207〕

中齋云：「按此指宣和政失民怨，方臘起浙，未足以儆戒，直待敵國外
患以為法家拂士耳。」〔註208〕可知陳與義憂心國政之深切，亦感受到
他的失望、悲憤。是年十一月乙卯，金人第二次登城，京城淪陷，金人
逗留搜掠。靖康二年（1127）四月庚申朔，金人挾持徽宗、欽宗、皇后
及皇太子北歸〔註209〕，至此北宋氣數已盡，史稱「靖康之難」。《宋史》
贊曰：

靖康初政，能正王黼、朱勔等罪而竄殛之，故金人聞帝內
禪，將有卷甲北旆之意矣。惜其亂勢已成，不可救藥；君臣
相視，又不能同力協謀，以濟斯難，惴惴然講和之不暇。卒

〔註204〕引自（元）脫脫等著，楊家駱主編：《新校本宋史并附編三種·本紀
　　　　第二十二》，卷二十二，頁418。
〔註205〕引自（元）脫脫等著，楊家駱主編：《新校本宋史并附編三種·本紀
　　　　第二十三》，卷二十三，頁423。
〔註206〕引自鄭騫：《陳簡齋詩集合校彙注》，卷十四，頁140。
〔註207〕引自鄭騫：《陳簡齋詩集合校彙注》，卷十五，頁146。
〔註208〕轉錄鄭騫：《陳簡齋詩集合校彙注》，卷十五，頁146。
〔註209〕意引（元）脫脫等著，楊家駱主編：《新校本宋史并附編三種·本紀
　　　　第二十三》，卷二十三，頁434～436。

致父子淪胥，社稷蕪茀。帝至於是，蓋亦巽懦而不知義者

歟！享國日淺，而受禍至深，考其所自，真可悼也夫！真可

悼也夫！〔註210〕

欽宗在位僅二年，且在位期間面臨外患大敵，「初則用姦臣以主和，迨
稍能去姦臣矣，繼之者類多為器識不足，餒怯無能之輩」〔註211〕，終
致國家步向滅亡一途。陳與義目睹國破家亡、江山盡失之狀，此時期創
作許多詩歌抒發心中之感，如〈次舞陽〉、〈此南陽〉、〈北征〉、〈曉發葉
城〉、〈道中書事〉等，共五十首〔註212〕。試看〈道中書事〉：

臨老傷行役，籃輿歲月奔，客愁無處避，世事不堪論。

白道含秋色，青山帶雨痕，壞梁斜闕水，喬木密藏村。

易破還家夢，難招去國魂，一身從白首，隨意答乾坤。

〔註213〕

由詩可見家國身世之慨，因戰亂到處躲藏，返鄉之路遙遙無期，國家亦
處風雨飄搖中，不禁再三悲嘆。經歷了靖康劇變的沉痛後，詩人憂國傷
時的情懷，加上個人顛沛流離的艱辛，輔以避亂途中的壯闊山水，化成
了陳與義慷慨激昂、沉郁悲壯的詩風〔註214〕。

二、南宋（1127～1279）

靖康二年（1127）五月庚寅朔，康王構即位於南京〔註215〕，即宋
高宗。改元建炎，以黃潛善為中書侍郎，汪伯彥同知樞密院事〔註216〕，

〔註210〕引自（元）脫脫等著，楊家駱主編：《新校本宋史并附編三種‧本紀
　　　　第二十三》，卷二十三，頁436。

〔註211〕參見劉伯驥：《宋代政教史》，臺北：中華書局，1971年12月，頁279。

〔註212〕自《陳簡齋詩集合校彙注》卷十四末四首，再加卷十五共三十三首，
　　　　及卷十六共十三首，總計五十首。

〔註213〕引自鄭騫：《陳簡齋詩集合校彙注》，卷十六，頁162。

〔註214〕意引姜甦芳：《靖康之難與陳與義詩風轉變》，鄭州大學中國古代文學
　　　　研究所碩士論文，2006年6月，頁55。

〔註215〕意引（元）脫脫等著，楊家駱主編：《新校本宋史并附編三種‧本紀
　　　　第二十三》，卷二十三，頁436。

〔註216〕意引（元）脫脫等著，楊家駱主編：《新校本宋史并附編三種‧本紀

開啟了南宋時期。關於南宋初期之國事，張峻榮論述：

> 此時中原積北宋後期天災人禍，經濟破產之弊，再承金騎肆
> 掠焚奪之禍，已是州縣殘破，民生凋敝，再隨著軍事失敗，
> 遂有散兵潰卒相聚為盜之局。而金人為追擒高宗，滅絕宋祚，
> 又於建炎元年至建炎四年，發動三次南侵，其所肆虐多在江
> 淮流域，而江淮地區既受破壞最大，所形成盜寇之禍也最嚴
> 重。〔註217〕

《宋史・高宗本紀一》記載金人侵略南宋之事：

> （建炎元年）是秋，金人分兵據兩河州縣，……十一月辛亥，
> 金人陷河間府。……十二月癸亥，粘罕犯汜水關，……戊辰，
> 金人圍棣州，甲戌，金人陷同州，……己卯，金人陷汝州，
> 入西京。庚辰，金人陷華州，辛巳，破潼關。〔註218〕

金人來勢洶洶，大舉侵犯南宋，靖康之難尚未恢復之社稷又再一次遭
受打擊。陳與義〈述懷〉即為抒發當時情懷所作：

> 閉戶生白髮，逍遙步城隅，野外晴林滿，天末暮雲孤，
> 水容澹春歸，草色帶雨濡。物態紛如昨，世事再嗚呼！
> 京洛了在眼，山川一何迂。乘槎莽未辨，且復小踟躕。
> 〔註219〕

眼見社會動亂不安，陳與義表達心懷社稷之憂。劉辰翁云：「此語可
痛。」〔註220〕又云：「俯仰且是。」〔註221〕又有〈感事〉一詩描寫戰
亂之況：

> 喪亂那堪說，干戈竟未休，公卿危左社，江漢故東流。

　　　　第二十四》，卷二十四，頁443。

〔註217〕引自張峻榮：《南宋高宗偏安江左原因之探討》，臺北：文史哲出版社，
　　　　1986年3月，頁111。

〔註218〕節自（元）脫脫等著，楊家駱主編：《新校本宋史并附編三種・本紀
　　　　第二十四》，卷二十四，頁441～451。

〔註219〕引自鄭騫：《陳簡齋詩集合校彙注》，卷十七，頁171。

〔註220〕轉錄鄭騫：《陳簡齋詩集合校彙注》，卷十七，頁171。

〔註221〕轉錄鄭騫：《陳簡齋詩集合校彙注》，卷十七，頁171。

風斷黃龍府，雲移白鷺洲，云何舒國步，持底副君憂。

世事非難料，吾生本自浮。菊花紛四野，作意為誰秋。

〔註222〕

以「喪亂」、「干戈」、「危」、「斷」等詞表現當時情勢之險惡，人民亦處於水深火熱中，可想見社會之紛亂。至建炎二年戊申（1128），金人仍持續侵略：

> 春正月戊子，金人陷鄧州，……壬辰，金人犯東京，……辛丑，陷鄭州，癸卯，金帥窩里嗢陷濰州，又陷青州，……二月丙辰，金人再犯東京，戊午，金人陷唐州。……癸酉，金人陷蔡州，丙子，陷淮寧府，……三月辛卯，金人陷中山府，……五月甲辰，金帥婁宿陷絳州。……九月癸巳，金人陷冀州，……十一月壬辰，金人陷延安府，……乙未，金人陷濮州，又陷開德府，……庚子，金人陷相州，甲辰，陷德州，……十二月甲子，金人陷大名府，又陷襲慶府，乙丑，陷虢州。〔註223〕

是年，陳與義三十九歲。正月，因金人陷鄧州，陳與義自鄧州逃往房州，途中遇虜，奔入南山〔註224〕。作〈正月十二日自房州城遇虜至奔入南山十五日抵回谷張家〉記錄當時狼狽驚慌之情：

> 久謂事當爾，豈意身及之！避虜連三年，行半天四維。
>
> 我非洛豪士，不畏窮谷饑。但恨平生意，輕了少陵詩。
>
> 今年奔房州，鐵馬背後馳，造物亦惡劇，脫命真毫釐。
>
> 南山四程雲，布襪傲險巇。籬間老炙背，無意管安危，
>
> 知我是朝士，亦復顰其眉。呼酒軟客腳，菜本濯玉肌，
>
> 窮途士易德，歡喜不復辭。向來貪讀書，閉戶生白髭。

〔註222〕引自鄭騫：《陳簡齋詩集合校彙注》，卷十七，頁173。

〔註223〕節自（元）脫脫等著，楊家駱主編：《新校本宋史并附編三種・本紀第二十五》，卷二十五，頁453～459。

〔註224〕意引白敦仁：《陳與義年譜》，卷三，頁101。

岂知九州內，有山如此奇。自寬實不情，老人亦解頤。

投宿恍世外，青燈耿茅茨。夜半不能眠，澗水鳴聲悲。

〔註225〕

中齋云：「此詩盡艱苦歷落之態，雜悲喜憂畏之懷，玩物適意語時見於
奔走倉皇中。杜北征、柳南磵，蓋兼之。」〔註226〕另作〈坐澗邊石上〉
一詩：

三面青山圍竹籬，人間無路訪安危。

扶筇共坐槎牙石，澗水悲鳴無歇時。〔註227〕

此詩寫竄伏於山中，無法得知外界消息，澗水湍流聲如同悲鳴，永不歇
息，想見山中愁苦之狀。建炎三年己酉（1129），金人勢如破竹，攻下
數州：

春正月庚辰朔，京西賊貴仲正陷岳州。……丁亥，金人再陷
青州，又陷濰州，焚城而去。……丙午，粘罕陷徐州，……
二月辛亥，金人陷天長軍。……丁巳，金人犯泰州，陷滄
州，……三月庚寅，金人陷鄜州。……丁未，金人陷京東諸
郡，……六月乙亥，金人陷磁州。是夏，賊貴仲正降。……
九月壬子，金人陷單州、興仁府，遂陷南京，丙辰，金人陷
沂州。……十月戊戌，金人陷壽春府。庚子，陷黃州，……
十一月戊午，金人陷洪州，……庚申，金人陷真州，……癸
亥，金人陷太平州。……十二月辛巳，陷常州，又陷廣德
軍。……壬午，定議航海避兵，……乙未，金人屠洪州，戊
戌，金人犯越州。〔註228〕

是年，貴仲正作亂，陳與義為避亂入洞庭湖，作〈五月二日避貴寇入洞
庭湖絕句〉：

〔註225〕引自鄭騫：《陳簡齋詩集合校彙注》，卷十七，頁176。

〔註226〕轉錄鄭騫：《陳簡齋詩集合校彙注》，卷十七，頁177。

〔註227〕引自鄭騫：《陳簡齋詩集合校彙注》，卷十七，頁178。

〔註228〕節自（元）脫脫等著，楊家駱主編：《新校本宋史并附編三種·本紀
第二十五》，卷二十五，頁459～471。

鼓發嘉魚千面雷，亂帆和雨向湖開。

何妨南北東西客，一聽湘妃瑤瑟來。〔註229〕

由「千面雷」可知當時鼓聲隆隆、震耳欲聾，亦可想見當時兵賊相交時之混亂。此時期另有〈己酉九月自巴丘過湖南別粹翁〉一詩：

離合不可常，去住兩無策，眇眇孤飛雁，嚴霜欺羽翼。

使君南道主，終歲好看客。江湖尊前深，日月夢中疾。

世事不相貸，秋風撼瓶錫，南雲本同征，變化知無極。

四年孤臣淚，萬里遊子色。臨別不得言，清愁漲胸臆。

〔註230〕

此詩表露生死茫茫之嘆，因戰亂而長年漂流，其艱苦、惆悵無法言喻。建炎四年庚戌（1130），面對金人之進攻，宋廷節節敗退，幾無反擊之力．

春正月甲辰朔，御舟碇海中。乙巳，金人犯明州，……丁巳，婁宿陷陝州，己未，金人陷明州，夜，大雨震電，乘勝破定海，以舟師來襲御舟，……辛未，陷同州。……二月乙亥，金人陷潭州，……戊戌，金人入平江，縱兵焚掠。……五月甲寅，金人陷定遠縣，……七月乙卯，金人徙二帝自韓州之五國城。……丁卯，金人立劉豫為帝，國號齊。〔註231〕

時陳與義四十一歲，著〈三月二十日聞德音寄李德升席大光新有召命皆寓永州〉表達對國政之關注：

塵隔斗牛三月餘，德音再與萬方初。

又蒙天地寬今歲，且掃軒窗讀我書。

自古安危關政事，隨時憂喜到樵漁。

零陵併起扶顛手，九廟無歸計莫疏。〔註232〕

〔註229〕引自鄭騫：《陳簡齋詩集合校彙注》，卷二十一，頁215。

〔註230〕引自鄭騫：《陳簡齋詩集合校彙注》，卷二十三，頁231。

〔註231〕節自（元）脫脫等著，楊家駱主編：《新校本宋史并附編三種·本紀第二十六》，卷二十六，頁475～493。

〔註232〕引自鄭騫：《陳簡齋詩集合校彙注》，卷二十五，頁256。

宋高宗自建炎三年十二月航海避亂，四年二月至溫州，此時為國家局
勢最為險惡之時期，陳與義時在武岡，消息隔絕不通，故曰「塵隔斗
牛三月餘」。此外，末四句表述個人安危繫於國政之穩定，流露對國
家深切之關懷。至建炎四年，南宋於政治、經濟、軍事上皆損失甚鉅，
劉伯驥曰：「建炎之初，基業草創，本可以有為，中興大業，不難實現
也。毋如帝志不在雪恥復仇，小人盈庭，以求和相惑，遂致北轍而南
轅，國事卒無可為也。高宗既無意於進取，畏金以避，而惑於黃、汪
之謀，欲求和議苟安；和議而不得，金人復大舉南下，遂被迫作南遷
之計。」〔註233〕

　　陳與義一生經歷了靖康之難、南宋初期金人入侵，可說是命運多
舛。建炎四年（1130）後，金人始退兵，南宋國勢稍穩，陳與義詩出現
一些輕鬆愜意之創作，如〈觀雪〉：

　　　　無住菴前境界新，瓊樓玉宇總無塵。
　　　　開門倚杖移時立，我是人間富貴人。〔註234〕

佇立賞景，雪花紛飛，絲毫不覺時光飛逝，眼前之雪景使人滿足充
實、心靈豐富。注曰：「雋絕，前後無人道此。」〔註235〕另有〈登閣〉
一詩：

　　　　今日天氣佳，登臨散腰腳。南方宜草木，九月未黃落。
　　　　秋郊乃明麗，夕雲更蕭索。遠遊吾未能，歲暮依樓閣。
　　　　〔註236〕

記登閣之所感、所見，因未能遠遊，故倚閣遠望。注曰：「淡而真，故
有味。」〔註237〕總括而言，陳與義創作最密集在南渡時期，「南渡五年
中，今天存留的陳與義的詩有近三百首，創作密度遠遠大於前期和後

〔註233〕分見劉伯驥：《宋代政教史》，頁292、298。
〔註234〕引自鄭騫：《陳簡齋詩集合校彙注》，卷二十九，頁304。
〔註235〕引自鄭騫：《陳簡齋詩集合校彙注》，卷二十九，頁304。
〔註236〕引自鄭騫：《陳簡齋詩集合校彙注》，卷三十，頁315。
〔註237〕引自鄭騫：《陳簡齋詩集合校彙注》，卷三十，頁315。

期」〔註238〕，可知陳與義於南渡時期情感豐沛，時時藉詩以抒情達意，
希望藉此達到心靈上之安定。

〔註238〕參見吳中勝：〈陳與義南渡期內在心理探析〉，《固原師專學報》，第 4
　　　　期，1994 年，頁 47。

第三章　陳與義近體詩之格律及聲韻編排特色

　　陳與義之近體詩為 404 首，而近體詩中，絕句共 191 首，五言絕句 27 首，六言絕句 3 首，七言絕句 161 首。律詩共 208 首，五言律詩 88 首，七言律詩 120 首。另外，五言排律亦有 5 首。細究各文體之數量，七言絕句佔最大宗，其次為七言律詩，二者合計 281 首，佔近體詩總體 70%，可知陳與義喜作七言。本章將進一步剖析陳與義近體詩之起式、首句入韻與否、聲韻編排特色，並逐一整理、歸納。

第一節　格律之分析

一、平起式及仄起式

　　「所謂起式，是指詩為『平起』或『仄起』而言。一般的評判準據，是由該首詩第一句的第二個字來判斷，若該字為平聲字，那麼這首詩即為『平起』的詩；反之，如果是仄聲字，那麼這首詩便是『仄起』的詩了。」〔註1〕以下將陳與義近體詩之起式做整理及統計，以求更深入了解陳與義近體詩，附表如下：

〔註 1〕引自陳師茂仁：《古典詩歌初階》，臺北：文津出版社，2003 年，頁 146。

表格四：陳與義近體詩之平起式統整表

起　式	體　裁		詩　作	總計
平起式：191 首	近體詩	五言絕句	47、49、50、65、66、68、103、104、170、177-180、182、184、252、253	17 首
		六言絕句	100	1 首
		七言絕句	5、16、35、36、77、79、84、86、87、95、98、102、107、108、118、119、122、125、129、132-137、144、146、150、162、172、176、188、190、191、199、203、204、206-209、219、221、222、228、236、239、240、255、256、262、263、276、277、292、295、297、299、300、302、303、306、309、318、339、340、345、347、349、367-369、372、373、375、376、386、392-394	80 首
		五言律詩	8、10、140、148、156、216、278、280、285、288、323、334、337、351、366	15 首
		七言律詩	2、19、20、23-25、27-29、31、37、39-41、51、52、55、57、58、63、64、69-71、75、82、88、89、91、93、105、109、110、115、124、126、159、166、168、181、192、195、197、198、200、202、212、214、223、227、242、247、248、258、266、281、282、287、293、294、308、311、314、315、317、329、331、352、378、380、395、398、399、401、404	75 首
		五言排律	231、234、270	3 首

表格五：陳與義近體詩之仄起式統整表

起　式	體　裁		詩　作	總計
仄起式：213 首	近體詩	五言絕句	48、67、101、169、183、185、261、342、364、365	10 首
		六言絕句	44、45	2 首

		七言絕句	13-15、17、78、80、81、85、92、96、99、120、121、130、131、138、141-143、145、151、157、158、160、161、164、171、173、189、201、205、210、211、217、218、220、224、225、232、235、237、238、241、243、251、254、257、283、284、291、296、298、301、304、305、307、313、320、321、324、327、332、333、338、341、346、348、353-358、360、362、371、374、383-385、391	81 首
		五言律詩	1、3、4、6、7、9、11、12、33、34、59-62、72、73、83、94、97、106、111-114、116、123、127、128、147、149、154、155、174、175、186、187、194、215、229、233、244-246、249、259、260、264、267-269、271-274、286、289、310、326、328、330、335、336、343、344、350、359、361、363、370、387-390	73 首
		七言律詩	18、21、22、26、30、32、38、42、43、46、53、54、56、74、76、90、117、139、152、163、167、193、196、213、226、230、250、265、275、279、290、312、316、319、322、325、377、379、381、382、396、397、400、402、403	45 首
		五言排律	153、165	2 首

以上兩表為陳與義近體詩中平起式、仄起式之統計，可得近體詩平起式為五言絕句 17 首、六言絕句 1 首、七言絕句 80 首、五言律詩 15 首、七言律詩 75 首、五言排律 3 首；仄起式為五言絕句 10 首、六言絕句 2 首、七言絕句 81 首、五言律詩 73 首、七言律詩 45 首、五言排律 2 首。平起式詩作共計 191 首，佔了 47.3%；仄起式詩作共計 213 首，佔了 52.7%。由此表可知，陳與義創作平起式詩歌喜用七言絕句及七言律詩；而創作仄起式詩歌則喜用七言絕句及五言律詩。陳師茂仁曰：「詩之起式，關係詩人寫作初始情感之波動，一般而言，心境平順時所創作

之詩,平起之數為多;反之,心情激昂時所作之詩,則以仄起為眾。一如情緒激動者說話,大多緊促、急速,詩人創作亦然,寫作當下之情感激奮與否,影響起式之差異。」〔註2〕綜觀陳與義之近體詩,平起式與仄起式之比例相差不大,故其創作心境應是平順、激昂各半。

二、首句入韻與不入韻

　　近體詩的押韻規則,比古體詩來得嚴格,不論是絕句、律詩或排律,偶數句皆必須押韻,而首句則可入韻也可不入韻,僅首句可彈性選擇入韻與否,其餘奇數句則不押韻〔註3〕。「七言絕句第一句如果用了韻腳,可增加音樂美感,所以詩人以押韻為多。五言絕句因每句已少兩個字,首句用不用韻,影響音樂效果不十分明顯,所以詩人或押韻,或不押韻,都屬常見,而以不押韻腳的略多。律詩的情況也差不多,所以五言律詩第一句多數不押韻,七言律詩第一句多數押韻」〔註4〕。「據後代學者統計唐詩,知唐人以五言首句不入韻為多,而七言以首句入韻為眾,因此定為正格;反之,五言首句入韻及七言首句不入韻,則為變格」〔註5〕。今統計陳與義近體詩詩作首句入韻與否,茲列表如下:

表格六:陳與義近體詩之首句入不入韻統整表

近體詩	五言絕句	首句入韻(變格)	1 首
		首句不入韻(正格)	26 首
	六言絕句	首句入韻	0 首
		首句不入韻	3 首
	七言絕句	首句入韻(正格)	112 首
		首句不入韻(變格)	49 首

〔註2〕 引自陳師茂仁:〈實業詩人鄭福圳詩作探析〉,《大彰化地區近當代漢詩論文集》,2011 年 6 月,頁 175。

〔註3〕 意引陳師茂仁:《古典詩歌初階》,頁 67。

〔註4〕 引自許清雲:《近體詩創作理論》,臺北:洪葉文化,1997 年,頁 72。

〔註5〕 參見陳師茂仁:〈實業詩人鄭福圳詩作探析〉,頁 175。

五言律詩	首句入韻（變格）	0 首
	首句不入韻（正格）	88 首
七言律詩	首句入韻（正格）	103 首
	首句不入韻（變格）	17 首
五言排律	首句入韻（變格）	0 首
	首句不入韻（正格）	5 首

由上表可知，陳與義近體詩首句入不入韻之數量為：五言絕句入韻 1
首、五言絕句不入韻 26 首、六言絕句入韻 0 首、六言絕句不入韻 3 首、
七言絕句入韻 112 首、七言絕句不入韻 49 首、五言律詩入韻 0 首、五
言律詩不入韻 88 首、七言律詩入韻 103 首、七言律詩不入韻 17 首、
五言排律入韻 0 首、五言排律不入韻 5 首。綜上所述，正格五言詩作，
即首句不入韻，共 119 首；變格五言詩作，即首句入韻，共 1 首。而
正格七言詩作，即首句入韻，共 215 首；變格七言詩作，即首句不入
韻，共 66 首。陳與義近體詩總計 404 首，扣除無從判斷正、變格之六
言絕句 3 首，故以 401 首計算之。統計正格詩共 334 首，佔近體詩
83.3%；變格詩共 67 首，佔 16.7%，兩者差距非常懸殊，據此知陳與義
創作時以七言首句入韻者為主；五言首句不入韻為次，故知陳與義寫
作近體詩時以正格詩為主。

三、用韻情形

　　韻腳的功用，絕不僅止於歌詠和諧而已，韻腳的音樂性功用，即
為輔助情境，使其完整呈現〔註6〕。詩之用韻情形若能與詩之題材、意
境互相配合，讀者在瀏覽吟詠的時候，便能領會詩人所賦予詩作之聲
韻美，因此，選擇韻腳對詩人具有重大意義，而讀者透過詩作之用韻，
能感受作者創作時之情思，而藉由歸納詩人詩作用韻之多寡，可窺見
其寫詩風格之傾向〔註7〕。本文探討用韻情形主要依據余照春亭《詩韻

〔註 6〕意引許清雲：《近體詩創作理論》，頁 80。
〔註 7〕意引陳師茂仁：〈實業詩人鄭福圳詩作探析〉，頁 173。

集成》〔註8〕一書，此書依照聲調差異分為上平聲十五韻、下平聲十五韻、上聲二十九韻、去聲三十韻、入聲十七韻共四類，合計 106 韻。韻有寬窄之分，大抵以韻目下含括之字多者為寬韻，韻寬則作詩時可選擇之韻較多；反之，韻目下含攝之字少者為窄韻，韻窄則可選擇之韻較少〔註9〕。而平聲韻依照寬窄程度分為四類，分別是寬韻、中韻、窄韻、險韻，各類別之韻如下所示：

其一、寬韻：支、先、陽、庚、尤、東、真、虞。

其二、中韻：元、寒、魚、蕭、侵、冬、灰、齊、歌、麻、豪。

其三、窄韻：微、文、刪、青、蒸、覃、鹽。

其四、險韻：江、佳、肴、咸。〔註10〕

在長期的詩歌寫作實踐中，詩人們漸漸發現不同韻部可以造成不同的音樂效果，便能表達不同的思想情感，因此在詩歌創作過程中開始自覺地根據傳情達意的需要以揀選押韻的韻部。比如，東、冬、江、陽等韻部適合表達歡愉的感情，而尤、侵、覃、灰等韻部則適於表達憂愁悲傷之感〔註11〕。謝雲飛《文學與音律》亦云：

> 我們欣賞或製作詩、詞、歌、賦等各類韻文中的韻語，也可
> 歸納成如下類目，而這一些類目中的韻語，我們完全可以從
> 字音中去揣摩全詩用韻的情感和思緒了。
> 一、凡「佳、哈」韻的韻語都有悲哀的情感，是因這兩韻的
> 　　發音，開口較大，所以適用於含有發洩意味的作品。
> 二、凡「微、灰」韻的韻語都含有氣餒抑鬱的情思。
> 三、凡「蕭、肴、豪」韻的韻語都含有輕佻、妖嬈之意。

〔註8〕（清）余照春亭編輯、周基校訂、朱明祥編寫：《增廣詩韻集成》，高雄：復文出版社，1992 年，頁 2～4。

〔註9〕意引陳師茂仁：〈實業詩人鄭福圳詩作探析〉，頁 176。

〔註10〕參見張夢機：《古典詩的形式結構》，臺北：駱駝出版社，1997 年，頁54。

〔註11〕意引葉桂桐：《中國詩律學》，臺北：文津出版社，1998 年，頁 48。

四、凡「尤、侯」韻的韻語都似乎含有著千般愁怨，無法申
　　訴的意味，最適用於憂愁的詩。

五、凡「寒、桓」韻的韻語都含有黯然神傷，偷彈雙淚的情
　　愫，最適用於獨自傷情的詩。

六、凡「真、文、魂」韻的韻語都含有苦悶、深沉、怨恨的
　　情調。

七、凡「庚、青、蒸」韻的韻語都含有淡淡的哀愁，似乎又
　　需有相當理智的抉擇，淡淡的哀愁又不失理性。

八、凡「魚、虞、模」韻的韻語都含有日暮途窮，極端失意
　　的情感。

以上所舉八類，大致都是依各韻字音的特質而定其含意
的……。〔註12〕

由上所述可知韻部與聲情間之連結，由韻部之字音引導詩人抒發不同
情緒。而王易《詞曲史》中亦詳細分類各韻部所表達之聲情，其云：

東董寬洪，江講爽朗，支紙縝密，魚語幽咽，佳蟹開展，真
軫凝重，元阮清新，蕭篠飄瀟，歌哿端莊，麻馬放縱，庚梗
振屬，尤有盤旋，侵寢沉靜，覃感蕭瑟，屋沃突兀，覺藥活
潑，質術急驟，勿月跳脫，合盍頓落，此韻部之別也。此雖
未必切定，然韻近者情亦相近，其大較可審辨得之。〔註13〕

綜上所述，不同韻部表現出不同之音樂效果及感情色彩，可由韻部推
測詩人創作時之心境。故此章節，筆者將以陳與義近體詩之平聲韻為
主，統計陳與義近體詩之用韻情形及數量，以了解其寫作用韻情況，列
表如下：

〔註12〕引自謝雲飛：《文學與音律》，文見〈韻語的選用和欣賞〉，臺北：東大
　　　　圖書有限公司，1978年，頁61～63。
〔註13〕引自王易：《詞曲史》，文見下冊〈構律〉第六，臺北：廣文書局，1960
　　　　年，頁238。

表格七：陳與義近體詩之上平聲韻用韻統整表

韻　部	五絕	六絕	七絕	五律	七律	五排
一東	1	0	11	2	7	1
二冬	0	0	4	0	1	0
三江	0	0	1	0	0	0
四支	4	0	20	8	15	0
五微	0	0	8	6	8	0
六魚	0	0	8	3	1	0
七虞	1	0	6	1	2	0
八齊	0	0	5	0	0	0
九佳	0	0	0	0	0	0
十灰	2	1	17	4	6	0
十一真	1	0	14	7	10	1
十二文	1	0	1	3	2	0
十三元	0	0	1	2	0	1
十四寒	2	0	7	4	12	1
十五刪	0	0	1	6	4	0

表格八：陳與義近體詩之上平聲韻用韻統計表

韻　部	用　韻	數　量	總　計
上平一東	寬韻	22	235
上平二冬	中韻	5	
上平三江	險韻	1	
上平四支	寬韻	47	
上平五微	窄韻	22	
上平六魚	中韻	12	
上平七虞	寬韻	10	
上平八齊	中韻	5	
上平九佳	險韻	0	

上平十灰	中韻	30
上平十一真	寬韻	33
上平十二文	窄韻	7
上平十三元	中韻	4
上平十四寒	中韻	26
上平十五刪	窄韻	11

表格九：陳與義近體詩之下平聲韻用韻統整表

韻　部	五絕	六絕	七絕	五律	七律	五排
一先	0	0	9	3	11	0
二蕭	0	0	0	0	0	0
三肴	0	0	0	0	0	0
四豪	0	0	1	1	0	0
五歌	0	0	3	1	1	0
六麻	4	0	7	4	5	0
七陽	1	0	8	6	9	0
八庚	1	1	12	9	7	0
九青	0	1	5	3	1	0
十蒸	0	0	3	2	0	0
十一尤	1	0	5	8	16	1
十二侵	0	0	4	3	1	0
十三覃	1	0	0	0	1	0
十四鹽	0	0	0	0	0	0
十五咸	0	0	0	0	0	0

表格十：陳與義近體詩之下平聲韻用韻統計表

韻　部	用　韻	數　量	總　計
下平一先	寬韻	23	160
下平二蕭	中韻	0	
下平三肴	險韻	0	

下平四豪	中韻	2
下平五歌	中韻	5
下平六麻	中韻	20
下平七陽	寬韻	24
下平八庚	寬韻	30
下平九青	窄韻	10
下平十蒸	窄韻	5
下平十一尤	寬韻	31
下平十二侵	中韻	8
下平十三覃	窄韻	2
下平十四鹽	窄韻	0
下平十五咸	險韻	0

表格十一：陳與義近體詩之仄聲韻用韻統整表

體　裁	起　式	韻　部	詩　作
五言絕句	平起式首句不入韻	去聲九泰韻	252.〈衡嶽道中〉之三
		去聲十五翰韻	182.〈與夏致宏孫信道張巨山同集澗邊以散髮巖岫為韻賦四小詩〉之一
		去聲十七霰韻	179.〈入山〉之一
		入聲四質韻	177.〈出山〉之一
		入聲十四緝韻	66.〈蠟梅四絕句〉之二
	仄起式首句不入韻	去聲二十六宥韻	185.〈與夏致宏孫信道張巨山同集澗邊以散髮巖岫為韻賦四小詩〉之四
		入聲六月韻	183.〈與夏致宏孫信道張巨山同集澗邊以散髮巖岫為韻賦四小詩〉之二
五言律詩	仄起式首句不入韻	入聲十藥韻	361.〈登閣〉
		入聲十四緝韻	359.〈病骨〉

由以上表七至表十之用韻統整表中，可觀察到陳與義近體詩之用韻情形及常用韻部，其韻部揀用次數前五名者為：上平聲韻用韻，四支（47首）、十一真（33首）、十灰（30首）、十四寒（26首）、一東與五微並

列（22 首）；下平聲韻用韻，十一尤（31 首）、八庚（30 首）、七陽（24首）、一先（23 首）、六麻（20 首）。在 395 首平聲韻近體詩中，上平聲韻共計 235 首，佔 59.5%；下平聲韻共計 160 首，佔 40.5%，可知陳與義寫詩選用上平聲韻較多。而由用韻寬窄程度所見，寬韻詩作總計220 首；中韻詩作總計 117 首；窄韻詩作共 57 首；險韻詩作僅 1 首，可知陳與義寫詩時，最常使用寬韻進行創作，其次為中韻、窄韻，險韻則最少使用。

　　近體詩用韻嚴謹，偶數句之韻腳需一韻到底，並無通押情況，且押平聲韻。惟五言絕句例外，因其由六朝小詩所演變而來，較常出現仄聲韻。為使詩人擁有更大寫作之空間，因此容許第一句借用鄰韻來押韻，非僅如此，近體詩亦可通韻〔註14〕。所謂通韻，指「所得通押之韻字」〔註15〕，簡明勇《律詩研究》將平聲韻通韻情形分為十類：一、東冬類；二、支微齊佳灰類；三、魚虞類；四、真文元寒刪先類；五、佳麻歌類；六、蕭肴豪類；七、庚青蒸類；八、侵覃鹽咸類；九、江陽類；十、尤類〔註16〕。筆者統計陳與義近體詩之通韻情形後，整理如下表所示，又陳與義平聲韻近體詩中，並無佳麻歌類、蕭肴豪類、江陽類及尤類之通韻情形，故表中省去不列：

表十二：陳與義近體詩通韻情形統整表

通韻類別	體　裁	詩作編號	詩　題	數量
東冬類	五言絕句		無	6首
	六言絕句		無	
	七言絕句	125	〈宴坐之地籧篨除覆之名曰篷齋〉	
		225	〈尋詩兩絕句〉之二	
		251	〈衡嶽道中〉之二	

〔註14〕意引陳師茂仁：〈實業詩人鄭福圳詩作探析〉，頁 178。

〔註15〕引自簡明勇：《律詩研究》，臺北：文史哲出版社，1990 年 5 月，頁101。

〔註16〕參見簡明勇：《律詩研究》，頁 102。

		372	〈和若拙弟得陪游後園〉之一	
	五言律詩		無	
	七言律詩	242	〈奇父先至湘陰書來戒由祿唐路而僕以他故由南洋路來夾道皆松如行青羅步障中先寄奇父〉	
		282	〈傷春〉	
	五言排律		無	
支微齊佳灰類	五言絕句		無	20首
	六言絕句		無	
	七言絕句	189	〈和王東卿絕句〉之二	
		218	〈次韻傅子文絕句〉	
		235	〈閏八月十二日過奇父共坐翠寶軒賞木犀花玲瓏滿枝光氣動人念風日不貸此花無五日香矣而王使君未之知作小詩報之〉	
		237	〈再賦二首呈奇父奇父自號七澤先生〉之二	
		238	〈十三日再賦二首其一以贊使君是日對花賦此韻詩筆落縱橫而郡中修水戰之具方大閱於燕公樓下也其一自敘所感憶年十五在杭州始識此花皆三丈高木嘗賦詩焉〉之一	
		239	〈十三日再賦二首其一以贊使君是日對花賦此韻詩筆落縱橫而郡中修水戰之具方大閱於燕公樓下也其一自敘所感憶年十五在杭州始識此花皆三丈高木嘗賦詩焉〉之二	
		305	〈題趙少隱清白堂〉之一	
		348	〈題江參山水橫軸畫俞秀才所藏〉之二	
	五言律詩		無	
	七言律詩	18	〈夜雨〉	
		52	〈次韻光化宋唐年主簿見寄〉之二	
		54	〈再用景純韻詠懷〉之二	

		88	〈道山宿直〉	
		90	〈十月〉	
		105	〈送善相僧超然歸廬山〉	
		195	〈登岳陽樓二首〉之一	
		223	〈雨中對酒庭下海棠經雨不歇〉	
		248	〈寄信道〉	
		258	〈元日〉	
		287	〈散髮〉	
		400	〈同家弟用前韻謝判府惠酒〉之二	
	五言排律		無	
魚虞類	五言絕句		無	4首
	六言絕句		無	
	七言絕句	13	〈和張規臣水墨梅五絕〉之一	
		95	〈秋試院將出書所寓窗〉	
		161	〈題繼祖蟠室〉之二	
		357	〈松棚〉	
	五言律詩		無	
	七言律詩		無	
	五言排律		無	
真文元寒刪先類	五言絕句		無	10首
	六言絕句		無	
	七言絕句	284	〈題水西周三十三壁〉之二	
		355	〈牡丹〉	
	五言律詩	12	〈題許道寧畫〉	
	七言律詩	23	〈題小室〉	
		51	〈次韻光化宋唐年主簿見寄〉之一	
		53	〈再用景純韻詠懷〉之一	
		76	〈友人惠石兩峰巉然取子美玉山高並兩峰寒之句名曰小玉山〉	
		312	〈度嶺一首〉	
		377	〈和孫升之〉	

		399	〈同家弟用前韻謝判府惠酒〉之一	
	五言排律		無	
庚青蒸類	五言絕句		無	2 首
	六言絕句		無	
	七言絕句		無	
	五言律詩			
	七言律詩	166	〈送客出城西〉	
		378	〈寺居〉	
	五言排律		無	
侵覃鹽咸類	五言絕句	184	〈與夏致宏孫信道張巨山同集澗邊以散髮巖岫為韻賦四小詩〉之三	1 首
	六言絕句		無	
	七言絕句		無	
	五言律詩		無	
	七言律詩		無	
	五言排律		無	
總計				43 首

由上表可知，陳與義近體詩共計 43 首具有通韻情形，而通韻情況多寡依序為：支微齊佳灰類 20 首、真文元寒刪先類 10 首、東冬類 6 首、魚虞類 4 首、庚青蒸類 2 首、侵覃鹽咸類 1 首；佳麻歌類、蕭肴豪類、江陽類及尤類之通韻情形並未出現於陳與義近體詩中。通韻詩僅佔陳與義近體詩之少數，而其中支微齊佳灰類之數量佔通韻詩 46.5%，可窺見陳與義選擇通韻類別之傾向。

第二節　聲韻編排之特色

一、內在聲音節奏之複沓性

　　詩歌為具有音樂性之文學體裁，因此除了透過閱讀理解詩歌文意，亦可藉由吟詠以體會詩歌之聲韻美。「古人稱讀詩、誦詩、吟詩、唱詩、弦詩、舞詩為美讀，今人則稱之為朗誦，美讀和朗誦，只是古

今詞語的不同，它的內涵是一致的，就是將詩清楚的吟讀出來，達到
聲情處理完美的境界。因此吟詩、讀詩，便是聲情的雕刻，聲音的出
版」〔註17〕。朱光潛曾云：

> 寫在紙上的詩只是一種符號，要懂得這種符號，只是識字還
> 不夠，要在字裡，見出意象來，聽出音樂來，領略出情味來。
> 誦詩時就要把這種意象、音樂和情趣在聲調中傳出。〔註18〕

由上述知僅理解文字並未掌握詩歌之全貌，透由吟詠方得體現詩之意
境、情趣。「是以詩歌不經發自內心，透過唇肕道會之吟詠，著實難以
領受其興發動人之意蘊與詩歌聲情韻律節奏之美！」〔註19〕而現今語言
種類不勝枚舉，其中，閩南語文讀音之傳播過程可概括為「唐代播種、
紮根、宋元開花、結果，明末以前已廣被民間。」〔註20〕可知閩南語
文讀音為古代文人吟詠或創作詩文之用語，又，「以閩南語吟詠唐詩，
以其陰陽分明，平、上、去、入四聲皆備，因而平仄明悉、聲調和諧，
以之組構編排，自得求致音韻生動、節奏明朗，極富於音樂性之美，因
之以其吟詠唐詩，自較能映顯詩歌感染人心之美」〔註21〕。故筆者將
以閩南語文讀音分析陳與義近體詩，以求了解當中之聲韻編排特色。

　　閩南語文讀音分陰、陽兩聲調，陰、陽之下各細分為平、上、去、
入四聲，總計八聲調，簡稱八音，而陽上聲大抵歸於陽去七聲，以致陽
上聲消失、形成空音，而變為七聲調，簡稱八音七調〔註22〕。今試列
八音七調，第六聲雖為空音，暫以同聲調之「馬」代替，則第一聲至第

〔註17〕 引自邱燮友：《品詩吟詩》，臺北：東大圖書股份有限公司，1989 年 6
　　　　月，頁 5。

〔註18〕 引自朱光潛：《詩論》，安徽：安徽教育出版社，1997 年，頁 231。

〔註19〕 參見陳師茂仁：〈淺探吟顯近體詩音樂美之內因與外緣〉，《彰化師大
　　　　國文學誌》，第 25 期，2012 年 12 月，頁 31。

〔註20〕 引自張光宇：《閩客方言史稿》，臺北：南天出版社，1996 年，文見〈第
　　　　四章論閩方言的形成〉，頁 64。

〔註21〕 參見陳師茂仁：〈淺探吟顯近體詩音樂美之內因與外緣〉，頁 33～34。

〔註22〕 意引陳師茂仁：《臺灣傳統吟詩入門──大家來吟詩》（附 CD），臺北：
　　　　博揚文化事業有限公司，2013 年 4 月，頁 39。

八聲用八種動物名稱表示，依序如下〔註23〕：

表十三：閩南語八音七調

調　名	陰平聲	陰上聲	陰去聲	陰入聲	陽平聲	陽上聲	陽去聲	陽入聲
調序	1	2	3	4	5	6	7	8
調符〔註24〕	─	╱	╲	．	╱	╱	─	．
調值〔註25〕	55：	53：	21：	30：	13：	53：	33：	50：
記音	sai1	hoo2	pa3	ah4	gu5	be6	tshiunn7	lok8
動物	獅	虎	豹	鴨	牛	馬	象	鹿

上表為閩南語基本音調，「於每一文字單獨存在時，其音皆讀本調，調值不變」〔註26〕。若文字組構成詞語連讀時，則會出現連音變調現象，閩南語是連音變調現象最為複雜的華（國）語方言之一〔註27〕，一直

〔註23〕 參見陳師茂仁：《臺灣傳統吟詩入門──大家來吟詩》（附CD），頁40。
〔註24〕 調符，為陳師茂仁按各聲調之音高及音長所繪製之符號，以表達各聲調之抑揚走勢。其中陰平一聲，其調符「─」意指此聲調高平長而無抑揚。若以五度音高表之，則此聲調自始至終之音高皆在五，故其調值記為〔55：〕；陰上二聲，調符作「╱」意指此聲調由高降下，其開始音高在五而結束在三，故調值記為〔53：〕；陰去三聲，調符作「╲」意指此聲調由低降下，其開始音高在二而結束在一，故調值記為〔21：〕；陰入四聲，調符作「．」音高屬中而短促，此聲調為入聲，故其音出即斷，故調值記為〔30：〕；陽平五聲，調符作「╱」，其開始音高在一而結束在三，故調值記為〔13：〕；陽去七聲，調符作「─」中而平順，其音長，短於陰平一聲之高平調，此聲調中平而無抑揚，音高自始至終皆三，故調值記為〔33：〕；陽入八聲，調符作「．」音高屬高而短促，此聲調為入聲，故其音出即斷，故調值記為〔50：〕，由調符正可看出各聲調抑揚起伏之情狀。
〔註25〕 調值，指讀音之起始聲調及結束聲調，用數字表示其走勢，一般以趙元任之五度制為之。
〔註26〕 參見陳師茂仁：《臺灣傳統吟詩研究》，臺北：博揚文化事業有限公司，2011年12月，頁265。
〔註27〕 意引陳寶賢、李小凡：〈閩南方言連續變調新探〉，《語文研究》，第2期，2008年，頁47。

備受學界關注。本文「以嘉義偏漳腔為主，而此腔調變調的規則為 5→
7→3→2→1→7」〔註 28〕，即原本是第五聲之字，變調後成為第七聲；
原為第七聲的字，變調後變成第三聲；本來是第三聲的字，變調後轉為
第二聲，以此類推。而入聲字之第四聲和第八聲，「它的變調規則，概
略可用 4（p、t、k）→8、4（h）→2、8（h）→3、8（p、t、k）→0 來
表示」〔註 29〕，也就是第四聲 p、t、k 系統之字，經變調會變為第八
聲；第四聲 h 系統之字，變調後成為第二聲；第八聲 h 系統的字，變
調後轉為第三聲，而第八聲 p、t、k 系統的字，變調後則轉為第 0 聲，
第 0 聲聲調調值略低於第四聲，「調值作 1-0」〔註 30〕，今將變調之情
形，表示如下圖〔註 31〕：

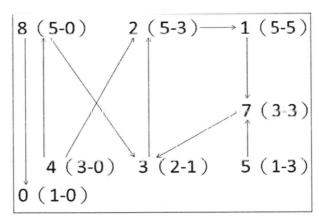

由上圖可得知連讀變調情形，在一般兩字詞組，連讀之變調情形，前面
一字需依照上述所示進行變調，而最後一字不變調〔註 32〕。然並非所
有兩字詞組皆依照上述變調，仍有例外者，兩字詞組之變調規則略可
歸納為：

〔註 28〕引自陳師茂仁：《臺灣傳統吟詩入門——大家來吟詩》（附 CD），頁 49。
〔註 29〕引自陳師茂仁：《臺灣傳統吟詩入門——大家來吟詩》（附 CD），頁 49
　　　　～50。
〔註 30〕引自陳師茂仁：《臺灣傳統吟詩入門——大家來吟詩》（附 CD），頁 50。
〔註 31〕引自陳師茂仁：《臺灣傳統吟詩入門——大家來吟詩》（附 CD），頁 51。
〔註 32〕意引陳師茂仁：《臺灣傳統吟詩研究》，頁 269。

其一：於一般情況下，前一字通常要變調，而後一字不變調。

其二：兩字詞組若為主謂結構，且前字為名詞時，則此前字
　　　通常不變調，末字亦不變調，二者皆讀其本調。唯若
　　　為由國語吸收而成為臺灣閩南語詞語者，則雖為主謂
　　　結構，其前字於連讀時亦須變調。

其三：兩字詞組之末字若為輕聲，則其前字不變調。〔註33〕

上述為針對兩字詞組之變調規則，而近體詩多為五言、七言，五言詩之
節奏可分上二字下三字；七言詩則分為上四字下三字〔註34〕，五言詩
上二字於吟詩時可依上述規則進行變調；七言詩上四字可再細分為二
二詞組，亦可依前所示處理變調現象，而關於末三字詞組之變調規則，
陳師茂仁曰：

分析歸納末三字詞組之變調情況，略可歸其變調規則為：

其一：於變調常例，前兩字通常要變調，而末字不變調。

其二：末三字詞組中，若前兩字為名詞詞組，則第一字要變
　　　調而第二字不變調，當然末字亦不變調，如「人語響」
　　　之例。

其三：末三字詞組中，若前兩字非為名詞詞組，然第一字卻
　　　為名詞時，則第一字不變調，而第二字須變調，末字
　　　亦不變調，如「草自春」之例。〔註35〕

上述為處理詩句末三字詞組之變調規則，知曉上文兩字詞組及末三字
詞組之變調規則後，筆者今以教育部公告之《臺灣閩南語羅馬字拼音
符號系統》〔註36〕，將陳與義之近體詩標示拼音及音調，又不論唸、
讀、朗誦或吟詠，古人、今人之語言溝通皆以變調後之聲調為主，如此

〔註33〕 引自陳師茂仁：《臺灣傳統吟詩研究》，頁270。
〔註34〕 意引（清）劉熙載：《藝概》，上海：上海古籍出版社，1978年，頁
　　　　70。
〔註35〕 引自陳師茂仁：《臺灣傳統吟詩研究》，頁275。
〔註36〕 教育部：《臺灣閩南語羅馬字拼音方案使用手冊》，臺北：教育部，
　　　　2007年。

才能依據聲調傳達意義、顯露情感〔註37〕，因此今以變調後之聲調討論陳與義近體詩中之聲韻編排特色。

（一）押聲調之複沓

何謂押聲調？陳師茂仁曰：

> 所謂押聲調，意指詩句中相同部位之字，其聲調相同，形成各句聲調之重複，⋯⋯簡言之，即同聲調之字，出現於各句相同位置。〔註38〕

由上可知押聲調指同位置之文字具有相同聲調。為了解陳與義近體詩中押聲調之特色，以下列出〈梅花兩絕句〉之二、〈梅花〉、〈和王東卿絕句〉之二、〈曉發杉木〉等四首詩之文讀音、本調及連續變調，如下表：

表十四：〈梅花兩絕句〉之二文讀音及本調

詩作及文讀音		詩作文字之本調
曉天青脈脈，	Hiau2　thian　tshing　meh8　meh8	21188，
玉面立疎籬。	Giok8　bian7　lip8　sue　li5	87815。
山中爾許樹，	San　tiong　ni2　hu2　tshiu7	11227，
獨自費人詩。	Tok8　tsu7　hui3　jin5　si	87351。

表十五：〈梅花兩絕句〉之二本調及連續變調

詩作文字之本調	詩作文字之連續變調
21188，	11738，
87815。	07075。
11227，	71117，
87351。	07271。

〔註37〕 意引陳師茂仁：〈由吟詩角度探杜甫〈江畔獨步尋花〉（其六）聲韻之美〉，《第十屆思維與創作暨第五屆臺灣南區大學中文系聯合學術會議論文集》，2016年9月，頁5。

〔註38〕 節引自陳師茂仁：〈由吟詩角度探杜甫〈江畔獨步尋花〉（其六）聲韻之美〉，頁5。

表十六：〈梅花〉文讀音及本調

詩作及文讀音	詩作文字之本調
高花玉質照窮臘，Ko hua giok8 tsit tsio7 kiong5 lah8	1181758，
破雪數枝春已多。Pho3 suat4 soo3 ki tshun i2 to	3431121。
一時傾倒東風意，Tsit8 si5 khing to2 tang hong i3	8512113，
桃李爭春奈晚何。Tho5 li2 tsing tshun nai7 buan2 ho5	5211725。

表十七：〈梅花〉本調及連續變調

詩作文字之本調	詩作文字之連續變調
1181758，	7101378，
3431121。	2421111。
8512113，	0572713，
5211725。	5271315。

表十八：〈和王東卿絕句〉之二文讀音及本調

詩作及文讀音	詩作文字之本調
來日安榴花尚稀，Lai5 jit8 an liu5 hua siong7 hi	5815171，
壓牆丹實已垂垂。Ah tshiunn5 tan sit8 i2 sui5 sui5	1518255。
何時著我扁舟尾，Ho5 si5 tioh8 ngoo2 pian tsiu bue2	5582112，
滿袖西風信所之。Buan2 siu7 se hong sin3 soo2 tsi	271132。

表十九：〈和王東卿絕句〉之二本調及連續變調

詩作文字之本調	詩作文字之連續變調
5815171，	7875131，
1518255。	7578175。
5582112，	7532712，
2711321。	1771211。

表二十：〈曉發杉木〉文讀音及本調

詩作及文讀音		詩作文字之本調
古澤春光淡，	Koo2　tik8　tshun　kong　tam7	28117，
高林露氣清。	Ko　lim5　loo7　khi3　tshing	15731。
紛紛世上事，	Hun　hun　se3　siong7　su7	11377，
寂寂水邊行。	Tsih3　tsih3　tsui2　pian　hing5	33215。
客子凋雙鬢，	Kheh　tsu2　tiau　siang　pin3	12113，
田家自一生。	Tian5　ka　tsu7　it　sing	51711。
有詩還忘記，	Iu2　si　huan5　bong3　ki3	21533，
無酒卻思傾。	bu5　tsiu2　khiok　su　khing	52111。

表二十一：〈曉發杉木〉本調及連續變調

詩作文字之本調	詩作文字之連續變調
28117，	18717，
15731。	75331。
11377，	71277，
33215。	23115。
12113，	12773，
51711。	51371。
21533，	11723，
52111。	72771。

依上述所言，各句相同位置出現相同聲調，即為押聲調。今以方框、灰底、字下橫線及斜寫灰底等，表示各詩押聲調情況，如〈梅花兩絕句〉之二：

11738

0 7075

71117

0 7271

由上略可見此詩押聲調情形，第二句、第四句皆以第 0 聲為開端；各句第二字呈現 1、7、1、7 之複沓性；第三字則無押聲調；第二句與第四句之第四字皆為第 7 聲；末一字並無押聲調。整體而言，第二句及

第四句中，第一、二、四字聲調皆同，相似性最高，呈顯出押聲調複沓之美。整首詩僅二十字，陽去聲第 7 聲即出現七次之多，因此吟詠此詩時，聲韻之複沓性與陽去聲第 7 聲益加密切。又如〈梅花〉：

7101378，
2421111。
0572713，
5271315。

此詩各句之首二字皆無押聲調情況；第三、四句之第三字皆為第 7 聲；第四字之押聲調分別見於第一句、第二句及第四句，同為第 1 聲；首句及末句之第五字皆為第 3 聲；第六字之押聲調出現於第二句、第三句與第四句；最後一字則無押聲調。除了六次押聲調之第 1 聲，另外仍出現三次第 1 聲，分別於第一句第二字、第二句第五字、第二句第七字，合計出現第 1 聲共有九次之多，可知此詩具迴環複沓之美。亦如〈和王東卿絕句〉之二：

7875131，
7578175。
7532712，
1771211。

此詩首字第 7 聲複沓，分別見於第一句、第二句及第三句；第二句、第三句之第二字押聲調，皆為第 5 聲；第三字同首字，都是第 7 聲複沓，出現於第一句、第二句及第四句；第四字無押聲調情形；第一、二句之第五字押聲調，皆為第 1 聲；第三、四句之第六字亦為押聲調第 1 聲；末一字則是第 1 聲複沓，分別為第一句、第四句。綜觀整首詩，第一句前四字之聲調為 7、8、7、5，第二句前四字則是 7、5、7、8，為兩字詞組聲調前後互換，具迴環之美；第二句末三字聲調為 1、7、5，而第三句開頭二字亦為 7、5，於聲韻上有承接循環之感。末句前四字聲調為 1、7、7、1，由高平調第 1 聲及中平調第 7 聲重疊交錯，亦具迴環往復之聲韻美。再如〈曉發杉木〉：

1 8 7 1 7
7 5 3 3 1
7 1 2 ⑦ 7
2 3 1 1 5
1 2 7 ⑦ 3
5 1 3 ⑦ 1
1 1 7 2 3
7 2 7 ⑦ 1

此詩押聲調之複沓情形較前三首詩多，以第一字而言，第一、五、七句押聲調第1聲，第二、三、八句為第7聲複沓；第三、六、七句之第二字押聲調第1聲，第五、八句之第二字押聲調第2聲；第三字以第7聲之複沓為主，分別見於第一句、第五句、第七句與第八句，另有第3聲之複沓，出現於第二句及第六句；第四字亦以第7聲之複沓為多數，分別於第三句、第五句、第六句與第八句，又有第1聲之押聲調，於第一句及第四句；末一字則出現三次第1聲押聲調，第3聲、第7聲各兩次，第1聲押聲調在第二句、第六句與第八句，第3聲出現於第五句、第七句，第7聲則於第一句及第三句，聲調複沓多，於吟誦時更能深刻體會其中往復循環之美。整體而言，第三句聲調為7、1、2、7、7，第八句聲調為7、2、7、7、1，同是由1、2及三個7所組成，亦具迴環重覆之感。詩中使用陽去聲第7聲高達十三次，分別見於第一句之第三、五字、第二句第一字、第三句第一、四、五字、第五句第三、四字、第六句第四字、第七句第三字、第八句第一、三、四字，因此吟誦此詩時，於聲韻、節奏之複沓上與中平調第7聲關聯性高，呈現出押聲調複沓之美。

（二）疊字之複沓

何謂疊字？許清雲《近體詩創作理論》曰：

疊字是將音、形、義完全相同的兩個字緊連一起使用。……
疊字的作用，不僅能使語言增加音響效果，即增強語言的節奏感和旋律美，使音調和諧，容易上口，而且還能表現出特

別的情味。〔註39〕

由上述可知疊字修辭具有層層堆疊之特性，且文字緊密連接。除上述之作用外，疊字修辭之語言效果可分為三點：其一、可更充分、深刻地表達作者的思想感情，如李清照〈聲聲慢〉：「尋尋覓覓，冷冷清清，淒淒慘慘戚戚。」；其二、能更生動地呈現自然景色，渲染環境氣氛，使之達到情景交融的境界，如王維〈積雨輞川莊作〉：「漠漠水田飛白鷺，陰陰夏木囀黃鸝。」；其三、疊字能增強詩的韻律美，可使詩歌別具一種節奏鮮明、韻律和諧之感，能予人悅耳動聽之音樂美，如白居易〈琵琶行〉：「大絃嘈嘈如急雨，小絃切切如私語。嘈嘈切切錯雜彈，大珠小珠落玉盤。」〔註40〕可知疊字修辭於詩歌中，具有傳情達意、描摹景物及音樂美感之加強效果。顧炎武《日知錄》云：「詩中疊字大都以狀詞居多，有狀形者、有狀聲者。當單字不足以盡其態，則重言以發之，蓋寫物抒情，兩字相疊，能使興會與神情一起湧現。」〔註41〕顧氏所言甚是，因之筆者將整理前述四首詩中之疊字複杳，以了解其於詩中之文學作用及聲韻美：

表二十二：疊字複杳之統整表

詩　　名	詩　　句	詩作文讀音
〈梅花兩絕句〉之二	曉天青「脈脈」	Hiau2　thian　tshing　「meh8　meh8」
〈和王東卿絕句〉之二	壓牆丹實已「垂垂」	Ah　tshiunn5　tan　sit8　i2　「sui5　sui5」
〈曉發杉木〉	「紛紛」世上事	「Hun　hun」　se3　siong7　su7
	「寂寂」水邊行	「Tsih3　tsih3」　tsui2　pian　hing5

〔註39〕 節引自許清雲：《近體詩創作理論》，臺北：洪葉文化事業有限公司，1999 年 4 月，頁 378。

〔註40〕 意引孫景陽：〈珠圓玉潤、妙趣橫生：談詩中疊字的妙用〉，《益陽師專學報》，第 15 卷第 3 期，1994 年 5 月，頁 78～79。

〔註41〕 轉引王鹽峰：〈疊字在中國古典文學作品中的運用〉，《哈爾濱學院學報》，第 29 卷第 7 期，2008 年 7 月，頁 70。

由上表可知，〈梅花兩絕句〉之二、〈和王東卿絕句〉之二中，詩句之疊字出現於句尾，而〈曉發杉木〉兩句之疊字則在句首。由前述疊字之三點作用以觀上表之詩句，「紛紛世上事」以疊字「紛紛」強化陳與義對於國家動亂之哀愁不安，亦強調世事之紛亂擾攘；「曉天青脈脈」中，「脈脈」生動地摹寫天空之蔚藍；「壓牆丹實已垂垂」以「垂垂」描摹果實纍纍，呈現果實飽滿繁多之景象；「寂寂水邊行」中，以「寂寂」描述水邊環境之恬寂寧靜，與上句「紛紛世上事」形成強烈對比。而此四句之疊字複沓，於吟詠時聲調重覆，形成和諧之音韻、鮮明之節奏，具有聲韻複沓之美。

二、頂真韻、頂真聲母

何謂頂真（針）？黃慶萱於《修辭學》一書曰：

> 用前一句的結尾，來作下一句的起頭，叫作「頂真」。……頂真在形式上，以同　語詞貫串上下句。〔註42〕

沈謙《修辭學》亦云：

> 後面的開端，與前面的結尾，重複同樣的字詞或語句，前後緊接，蟬聯而下，使得文章緊湊而顯現上遞下接趣味的修辭方法，是為「頂針」。〔註43〕

由上可知前句之尾字與後句之首字相同即為頂真。頂真可以使語氣連貫，音韻流暢，亦可加強語勢、突出語意，具有說服力與感染力〔註44〕。若要表達迴環複沓的情感或者增強語氣，亦常用頂真手法〔註45〕。

筆者今將頂真之概念運用於聲韻上，前句尾字之韻母與後句首字之韻母相同，即稱之為「頂真韻」〔註46〕；上句末字與下句首字擁有

〔註42〕 分見黃慶萱：《修辭學》，頁499、505。

〔註43〕 引自沈謙：《修辭學》，臺北：國立空中大學，1991年12月，頁734。

〔註44〕 意引王莉莉：《《古詩十九首》修辭藝術探究》，玄奘人文社會學院中國語文研究所，碩士論文，2004年5月，頁73～74。

〔註45〕 意引田海英：〈修辭的韻外審美境界〉，《大眾文藝》，第12期，2008年，頁82。

〔註46〕 此概念首見於陳師茂仁：〈由吟詩角度探杜甫〈江畔獨步尋花〉（其六）聲韻之美〉，頁9。

同樣聲母，即名之為「頂真聲母」，今列三首陳與義近體詩之台羅拼音如下，以期明瞭當中之頂真韻、頂真聲母：

表二十三：〈和張規臣水墨梅五絕〉之五詩作及文讀音

詩作及文讀音	詩作文字之本調
自讀西湖處士詩，Tsu7 thok8 se ioo5 tshu2 su7 si	7815271，
年年臨水看幽姿。Ni5 ni5 lim5 sui2 khuann3 iu tsu	5552311。
晴惚畫出橫斜影，Tsing5 tshong ua7 tshut hing5 sia5 iann2	5171552，
絕勝前村夜雪時。Tsuat8 sing3 tsian5 tshun ia7 suat4 si5	8351745。

表二十四：〈次韻周教授秋懷〉詩作及文讀音

詩作及文讀音	詩作文字之本調
一官不辦作生涯，Iit4 kuan put4 pan7 tsoh sing gai5	4147115，
幾見秋風捲岸沙。Ki2 kian3 tshiu hong kng2 gan7 sa	2311271。
宋玉有文悲落木，Song3 giok8 iu2 bun5 pi loh8 bok8	3825188，
陶潛無酒對黃花。To5 tsiam5 bu5 tsiu2 tui3 ng5 hua	5552351。
天機袞袞山新瘦，Thian ki kun2 kun2 san sin san2	1122112，
世事悠悠日自斜。Se3 su7 iu5 iu5 jit8 tsu7 sia5	3755875。
誤矣載書三十乘，Goo7 ah tsai3 tsu sam sip8 sing7	7131187，
東門何地不宜瓜。Tang mng5 ho5 te7 put4 gi5 kua	1557451。

表二十五：〈連雨不能出有懷同年陳國佐〉詩作及文讀音

詩作及文讀音	詩作文字之本調
雨師風伯不吾謀，U2 su hong pik put ngoo5 boo5	2111155，
漠漠窮陰斷送秋。Bok8 bok8 kiong5 im tuan3 sang3 tshiu	8851331。
欲過蘇端泥浩蕩，Iok8 kue3 soo tuan ni5 ho7 tong7	8311577，
定知高鳳麥漂流。Ting7 ti ko hong7 bch8 phiau liu5	7117815。
籬前甘菊已無益，Tsinn5 tsian5 kam kiok4 i2 bu5 ik	5514251，
階下決明還可憂。Kai e7 kuat bing5 huan5 kho2 iu	1715521。
安得如鴻六尺馬，An tik ju5 hong5 lak8 tshioh be2	1155812，
暫時相對說新愁。Tsiam7 si5 sann tui3 sueh sin tshiu5	7513115。

為明確判別頂真韻及頂真聲母，筆者以方框標示頂真韻、以灰底標示頂真聲母，則如〈和張規臣水墨梅五絕〉之五：

自讀西湖處士詩，Tsu7　thok8　se　ioo5　tshu2　su7　si

年年臨水看幽姿。Ni5　ni5　lim5　sui2　khuann3　iu　tsu

晴牕畫出橫斜影，Tsing5　tshong　ua7　tshut　hing5　sia5　iann2

絕勝前村夜雪時。Tsuat8　sing3　tsian5　tshun　ia7　suat4　si5

此詩首句末字為 si，字中之 i 韻，與第二句第一字 Ni5 韻尾相同，是為「頂真韻」；第二句末字 tsu，聲母為 ts，和第三句首字 Tsing5 聲母相同，為「頂真聲母」，於吟詠時能傳遞複沓之美。又如〈次韻周教授秋懷〉：

一官不辦作生涯，Iit4　kuan　put4　pan7　tsoh　sing　gai5

幾見秋風捲岸沙。Ki2　kian3　tshiu　hong　kng2　gan7　sa

宋土有文悲落木，Song3　giok8　iu2　bun5　pi　loh8　bok8

陶潛無酒對黃花。To5　tsiam5　bu5　tsiu2　tui3　ng5　hua

天機袞袞山新瘦，Thian　ki　kun2　kun2　san　sin　san2

世事悠悠日自斜。Se3　su7　iu5　iu5　jit8　tsu7　sia5

誤矣載書三十乘，Goo7　ah　tsai3　tsu　sam　sip8　sing7

東門何地不宜瓜。Tang　mng5　ho5　te7　put4　gi5　kua

此詩共有二處頂真韻、二處頂真聲母。頂真韻分見於首聯及尾聯，第一句末字 gai5 與第二句首字 Ki2 韻母相同，皆為 i 韻，因此為頂真韻；第七句最後一字為 sing7，韻母為 ng，與第八句開頭 Tang 韻母相同，亦是頂真韻。頂真聲母分見於第二、三句與第五、六句，第二句末字 sa，聲母為 s，下句開端 Song3，聲母亦為 s，此為頂真聲母；第五句尾字 san2 之聲母為 s，第六句首字 Se3 之聲母同為 s，是為頂真聲母。在聲韻編排上，除了可體悟押韻 a 韻之聲情，亦可領受頂真韻 i 韻、ng 韻之複沓，又兼有頂真聲母 s 之迴環，層層堆疊，形成和諧動人之音韻，組合成一首層次豐富之詩歌，由此可見陳與義創作時之別出心裁！再如〈連雨不能出有懷同年陳國佐〉：

雨師風伯不吾謀，U2　su　hong　pik　put　ngoo5　boo5

漠漠窮陰斷送秋。Bok8　bok8　kiong5　im　tuan3　sang3　tshiu

欲過蘇端泥浩蕩，Iok8　kue3　soo　tuan　ni5　ho7　tong7

定知高鳳麥漂流。Ting7　ti　ko　hong7　beh8　phiau　liu5

簷前甘菊已無益，Tsinn5　tsian5　kam　kiok4　i2　bu5　ik

階下決明還可憂。Kai　e7　kuat　bing5　huan5　kho2　iu

安得如鴻六尺馬，An　tik　ju5　hong5　lak8　tshioh　be2

暫時相對說新愁。Tsiam7　si5　sann　tui3　sueh　sin　tshiu5

此詩有一處頂真韻、二處頂真聲母。頂真韻位於頷聯，第三句末字為
tong7，韻母為 ng，第四句首字為 Ting7，韻母亦為 ng，此為頂真韻。
頂真聲母分見於首聯及頷聯，首句最後一字 boo5，聲母是 b，第二句
首字 Bok8，聲母亦為 b，此為頂真聲母；第三句末字 tong7 之聲母為
t，與第四句開頭 Ting7 之聲母同為 t，因之亦為頂真聲母。於吟詠時，
第三句與第四句聲韻連接較其他各句緊密，因第三句末字 tong7 與下
句首字 Ting7，不僅具有頂真韻 ng，亦有頂真聲母 t，更具相同聲調第
7 聲，陽去聲第 7 聲「音階本色為不升不降，故此聲調予人以細細悠悠
之感，無過份之激動亢奮，亦無過份之平靜落寞」〔註 47〕，而第三、
四句間 tong7、Ting7 二字，十分自然地承接此細細悠悠之感，予人餘
韻猶存之聲韻美。

　　本章探討陳與義近體詩之格律及聲韻編排特色，第一節格律分析
中，以「起式」而言，陳與義寫作平起式詩歌喜用七絕及七律；而作仄
起式詩歌則喜用七絕及五律，平起式詩歌與仄起式詩歌之比例相差不
大。以「首句入不入韻」而言，陳與義創作時以正格詩為主，其中以七
言首句入韻者為多；其次為五言首句不入韻。就「用韻情形」而論，陳
與義寫詩選用上平聲韻居多，下平聲韻較少；最常使用寬韻，其次為中
韻、窄韻，險韻則最少。通韻情形不多，佔陳與義近體詩之少數，而通

〔註47〕 參見陳師茂仁：〈閩南語陽去聲字之吟式研究〉，《嘉大中文學報》，第
　　　　5 期，2011 年 3 月，頁 175。

韻詩中以支微齊佳灰類之數量最多。第二節聲韻編排之特色中，舉詩作說明內在聲音節奏之複沓性，分別具有押聲調之複沓、疊字之複沓，可從中深刻感受詩歌迴環往復之聲韻美。另舉詩作述明頂真韻、頂真聲母，除了押韻之韻母外，亦可透由頂真韻、頂真聲母體會音律美，體會陳與義創作時聲韻安排之用心及巧思。

第四章　陳與義近體詩之藝術特色

　　近體詩的篇幅短小，為一種精煉的語言，要在有限的篇幅內盡可能表現內容，達到豐富細膩、美妙絢麗的效果，可依靠修辭技巧來實現〔註1〕。因此可以說，修辭作為一種言語活動，即指文人使用文學技巧將語言進行修飾或加工，進而強化語言之表達效果與文學藝術〔註2〕。本章將探討陳與義近體詩之藝術特色，由修辭技巧、寫作特色兩方面加以討論，希冀能深入了解陳與義近體詩中之文學美。於第一節修辭技巧，筆者將陳與義使用之修辭加以統計、整理，修辭運用次數由多至寡分別為：摹寫、類疊、轉化、倒裝、借代、設問、映襯、對偶、譬喻、誇飾，將依序呈現其統整內容；而修辭格定義採用眾家之說，不專主一家之論，先提出眾家說法，筆者再加以濃縮、整理定義。第二節寫作特色中，將討論數字之運用、色彩之巧用，以期對陳與義近體詩有更深入之認識。

第一節　修辭技巧

一、摹寫

　　《文心雕龍·物色》中曾說明人與自然世界之聯結：

〔註1〕意引夏爽：《古典詩歌中的語言文字美──文采及其表現方式》，延邊大學漢語言文化學院，碩士論文，2004年5月，頁27。
〔註2〕意引周生亞：《古代詩歌修辭》，北京：語文出版社，1995年4月，頁1。

是以詩人感物，聯類不窮。流連萬象之際，沉吟視聽之區。
寫氣圖貌，既隨物以宛轉；屬采附聲，亦與心而徘徊。故灼
灼狀桃花之鮮；依依盡楊柳之貌；杲杲為日出之容；瀌瀌擬
雨雪之狀；喈喈逐黃鳥之聲；喓喓學草蟲之韻。皎日嘒星，
一言窮理；參差沃若，兩字窮形。並以少總多，情貌無疑
矣。〔註3〕

文人透過感官觀察、感受外在環境，並將自身認知加以描述，故有
「灼灼」、「瀌瀌」、「喈喈」等摹寫詞之出現。何謂摹寫？黃慶萱《修辭
學》曰：

對事物的各種感受，加以形容描述，叫作「摹寫」。……摹寫
的對象，不僅為視覺印象，同時也包括聽覺、嗅覺、味覺、
觸覺等等的感受，……摹寫可說是廣義的摹擬，就是文學作
品對自然以及人生各種現象的摹擬。〔註4〕

此外，陳望道《修辭學發凡》稱「摹寫」為「摹狀」，他說：

摹狀是摹寫對於事物情狀的感覺的辭格。〔註5〕

因此可知摹寫修辭即為描述各種感官感受之修辭，詩人將所見所感以
文字敘述、呈現，讀者透由具摹寫修辭之文字，便可見其所見、感其所
感，進而與詩人產生共鳴。

陳與義之近體詩中，共有175句詩句使用了摹寫修辭，其中以視
覺摹寫最多，高達107句。以下依照視覺、聽覺、嗅覺、味覺、觸覺之
順序，列出陳與義近體詩中之摹寫修辭，各項感官摹寫中，再依詩作編
號排列，如下表所示：

〔註3〕引自（梁）劉勰：《文心雕龍》，上海：上海書店，1989年，卷十，頁
　　　一左半。
〔註4〕節引自黃慶萱：《修辭學》，臺北：三民書局，1992年，頁51。
〔註5〕引自陳望道：《修辭學發凡》，臺北：文史哲出版社，1989年，頁98。

表二十六：陳與義近體詩之摹寫修辭

摹寫類別	編號	詩　名	體　裁	詩　句
視覺摹寫	3	〈風雨〉	五言律詩	微月照殘更。
	5	〈襄邑道中〉	七言絕句	飛花兩岸照舡紅、 臥看滿天雲不動。
	7	〈年華〉	五言律詩	白日山川映， 青天草木宜。
	9	〈酴醾〉	五言律詩	雨過無桃李， 唯餘雪覆墻。 青天映妙質， 白日照繁香。
	21	〈以事走郊外示友〉	七言律詩	萬里天寒鴻雁瘦， 千村歲暮鳥烏微。
	59	〈連雨賦書事〉之一	五言律詩	雲氣昏城壁。
	62	〈連雨賦書事〉之四	五言律詩	白菊生新紫， 黃蕪失舊青。
	65	〈蠟梅四絕句〉之一	五言絕句	銅剪黃金塗。
	71	〈歸洛道中〉	七言律詩	歸途忽踐楊柳影， 春事已到蕪菁花。
	77	〈秋夜〉	七言絕句	中庭淡月照三更， 白露洗空河漢明。
	84	〈清明二絕〉之一	七言絕句	街頭女兒雙髻鴉， 隨蜂趁蝶學夭邪。
	89	〈雨晴〉	七言律詩	天缺西南江面清， 纖雲不動小灘橫。
	96	〈秋日〉	七言絕句	槐花落盡全林綠。
	112	〈至陳留〉	五言律詩	日落河冰壯。
	114	〈遊八關寺後池上〉	五言律詩	落日生春色， 微瀾動古池。
	119	〈寶園醉中前後五絕句〉之二	七言絕句	日暮紫綿無數開。
	139	〈晚步順陽門外〉	七言律詩	樹連翠篠圍春晝， 水泛青天人古城。
	145	〈香林〉之三	七言絕句	碧天殘月映花枝。

147	〈春雨〉	五言律詩	蛛絲閃夕霽。
149	〈夏夜〉	五言律詩	天河白練橫。
150	〈又兩絕〉之一	七言絕句	斟酌星河亦喜晴。
151	〈又兩絕〉之二	七言絕句	待到天公放月時, 東家喬柏兩虯枝。
156	〈曉發葉城〉	五言律詩	左送廉纖月, 右揖離披雲。
158	〈同繼祖民瞻遊賦詩亭〉之二	七言絕句	浩浩白雲溪一色。
159	〈寄季申〉	七言律詩	綠陰展盡身猶遠, 黃鳥飛來節已闌。
160	〈題繼祖蟠室〉之一	七言絕句	日斜疏竹可窗影。
169	〈正月十六日夜二絕〉之一	五言絕句	明月照樹影, 滿山如龍蛇。
171	〈坐澗邊石上〉	七言絕句	三面青山圍竹籬。
173	〈晚望信道立竹林邊〉	七言絕句	修竹林邊煙過遲, 幅巾藜杖立疏籬。
174	〈岸幘〉	五言律詩	亂雲交翠壁, 細雨溼青林。
175	〈雨〉	五言律詩	雲起谷全暗, 雨時山復明。 遠樹鳥群集, 高原人獨耕。
177	〈出山〉之一	五言絕句	陰巖不知晴, 路轉見朝日。
178	〈出山〉之二	五言絕句	日落潭照樹, 川明風動花。
179	〈入山〉之一	五言絕句	路隨溪水轉。
180	〈入山〉之二	五言絕句	微雨洗春色。
182	〈與夏致宏孫信道張巨山同集澗邊以散髮巖岫為韻賦四小詩〉之一	五言絕句	披叢澗影搖, 集鳥紛然散。
183	〈與夏致宏孫信道張巨山同集澗邊以散髮巖岫為韻賦四小詩〉之二	五言絕句	馳暉忽西沒, 林光相映發。

184	〈與夏致宏孫信道張巨山同集澗邊以散髮巖岫為韻賦四小詩〉之三	五言絕句	舉頭山圍天， 濯足樹映潭。
185	〈與夏致宏孫信道張巨山同集澗邊以散髮巖岫為韻賦四小詩〉之四	五言絕句	張子臥石榻； 夏子理泉竇； 孫子獨不言， 搘頤數煙岫。
187	〈均陽官舍有安榴數株著花絕稀更增妍麗〉	五言律詩	遲日耿不暮， 微陰眩彌鮮。
188	〈和王東卿絕句〉之一	七言絕句	三更月裏影崚嶒。
190	〈和王東卿絕句〉之三	七言絕句	暮雲千里倚崚嶒。
191	〈和王東卿絕句〉之四	七言絕句	太岳峯前滿尊月。
192	〈觀江漲〉	七言律詩	疊浪併翻孤日去， 兩津橫卷半天流。 黿鼉雜怒爭新穴， 鷗鷺驚飛失故洲。
194	〈石城夜賦〉	五言律詩	初月光滿江， 斷處知急流。
196	〈登岳陽樓二首〉之二	七言律詩	天入平湖晴不風， 夕帆和雁正浮空。
202	〈火後問舍至城南有感〉	七言律詩	惟有君山故窈窕， 一眉晴綠向人浮。
206	〈火後借居君子亭書事四絕呈粹翁〉之四	七言絕句	青竹短籬圍畫靜， 梅花兩樹照春陰。
222	〈城上晚思〉	七言絕句	無數柳花飛滿岸， 晚風吹過洞庭湖。
224	〈尋詩兩絕句〉之一	七言絕句	園花經雨百般紅。
228	〈五月二日避貴寇入洞庭湖絕句〉	七言絕句	亂帆和雨向湖開。
235	〈閏八月十二日過奇父共坐翠寶軒賞木犀花玲瓏滿枝光氣動人念風日不貸此花無五日香矣而王使君未之知作小詩報之〉	七言絕句	清露香浮黃玉枝。
246	〈別孫信道〉	五言律詩	天長鴻雁微。

251	〈衡嶽道中〉之二	七言絕句	龍吟虎嘯滿山松。
252	〈衡嶽道中〉之三	五言絕句	浮雲作飛蓋。
253	〈衡嶽道中〉之四	五言絕句	危亭見上方， 林壑帶殘陽。
254	〈跋江都王馬〉	七言絕句	天上房星空不動。
260	〈金潭道中〉	五言律詩	前岡春泱漭， 後嶺雪槎牙。
261	〈絕句〉	五言絕句	野鴨飛無數， 桃花溼滿枝。
263	〈將至杉木舖望野人居〉	七言絕句	數株蒼檜遮官道， 一樹桃花映草廬。
266	〈立春日雨〉	七言律詩	衡山縣下春日雨， 遠映青山絲樣斜。 竹林路隔生新水， 古渡船空集亂鴉。
268	〈舟泛邵江〉	五言律詩	灘前群鷺起， 柂尾川華分。
270	〈江行晚興〉	五言排律	雲間落日淡， 山下東風寒。 煙嶺叢花照， 夕灣群鷺盤。
271	〈夜抵貞牟〉	五言律詩	夜半青燈屋， 籬前白水陂。
275	〈山中〉	七言律詩	白水春陂天澹澹， 蒼峯晴雪錦離離。
277	〈羅江二絕〉之二	七言絕句	眼明雙鷺立青田。
285	〈山齋〉之一	五言律詩	雲物忽分散， 餘碧暮逶迤。
286	〈山齋〉之二	五言律詩	日暮煙生嶺， 離離飛鳥還。
288	〈六月六日夜〉	五言律詩	疎星蒼檜間。
289	〈六月十七夜寄邢子友〉	五言律詩	月明蒼檜立， 露下芭蕉舒。
290	〈觀雨〉	七言律詩	前江後嶺通雲氣。
295	〈村景〉	七言絕句	罿上樓時桑葉少。

300	〈拜詔〉	七言絕句	乍脫綠袍山色翠。
305	〈題趙少隱清白堂〉之一	七言絕句	庭中草木有光輝。
311	〈題道州甘泉書院〉	七言律詩	甘泉坊裏林影黑。
319	〈雨中再賦海山樓詩〉	七言律詩	岸邊天影隨潮入， 樓上春容帶雨來。
320	〈和大光道中絕句〉	七言絕句	轉頭雲日還如錦。
321	〈又和大光〉	七言絕句	夾路松開黃玉花。
325	〈自黃巖縣舟行入台州〉	七言律詩	莽莽滄波兼宿霧， 紛紛白鷺落山陂。
327	〈王孫嶺〉	七言絕句	斜陽照見林中石。
330	〈夜賦〉	五言律詩	歲晚燈燭麗。
335	〈除夜〉	五言律詩	等閑生白髮， 耐久是青燈。
337	〈渡江〉	五言律詩	雨餘吳岫立， 日照海門開。
345	〈與智老天經夜坐〉	七言絕句	雪花無數落天窗。
348	〈題江參山水橫軸畫俞秀才所藏〉之二	七言絕句	萬壑分煙高復低， 人家隨處有柴扉。
349	〈梅花〉	七言絕句	一枝斜映佛前燈。
350	〈得張正字書〉	五言律詩	歲暮塔孤立， 風生鴉亂飛。
351	〈小閣〉	五言律詩	木落太湖近， 梅開南紀明。
353	〈櫻桃〉	七言絕句	四月江南黃鳥肥， 櫻桃滿市粲朝輝。
356	〈盆池〉	七言絕句	三尺清池窗外開， 茨菰葉底戲魚回。
359	〈病骨〉	五言律詩	茂林榴萼紅， 細雨離黃瀅。
360	〈晨起〉	七言絕句	風來眾綠一時動。
361	〈登閣〉	五言律詩	秋郊乃明麗， 夕雲更蕭索。
366	〈拒霜〉	五言律詩	濃露浥丹臉， 西風吹綠裳。

	370	〈心老久許為作畫未果以詩督之〉	五言律詩	山連欲雨寒。
	374	〈季高送酒〉	七言絕句	真逢幼婦著黃絹。
	377	〈和孫升之〉	七言律詩	花鳥紅雲春句麗， 月梅疎影夜香聞。
	378	〈寺居〉	七言律詩	草樹連空寫素屏。
	380	〈某竊慕東坡以鐵拄杖為樂全生日之壽今以大銅缾上判府待制庶幾因物以露區區且作詩二首將之亦東坡故事〉之二	七言律詩	千年秀結重重綠。
	384	〈某以雨有嘉應遂占有秋輒採用家弟韻賦二絕句少訾勤卹之誠也〉之一	七言絕句	雲氣初看龍起湫。
	385	〈某以雨有嘉應遂占有秋輒採用家弟韻賦二絕句少訾勤卹之誠也〉之二	七言絕句	坐看綠浪搖千里。
	386	〈梅〉	七言絕句	愛歌纖影上窗紗。
	387	〈蒙知府寵示秋日郡圃佳製遂侍杖屨逍遙林水間輒次韻四篇上瀆台覽〉之一	五言律詩	秋入池深碧， 寒欺葉遞紅。
	392	〈賦康平老銅雀硯〉	七言絕句	鄴城臺殿已荒涼， 依舊山河滿夕陽。
	394	〈早行〉	七言絕句	星斗闌干分外明。
	398	〈再蒙寵示佳什殆無遺巧勉成二章一以報佳貺一以自貽〉之二	七言律詩	萬里青天一岸巾。
	404	〈用大成四桂坊韻賦詩贈令狐昆仲〉	七言律詩	鄉人洗眼看銀黃
聽覺摹寫	3	〈風雨〉	五言律詩	滿意作秋聲。
	18	〈夜雨〉	七言律詩	蟬聲未足秋風起， 木葉俱鳴夜雨來。
	59	〈連雨賦書事〉之一	五言律詩	鐘聲咽寺樓。
	102	〈為陳介然題持約畫〉	七言絕句	陂南陂北聽秋聲。
	147	〈春雨〉	五言律詩	孤鶯啼永晝。

150	〈又兩絕〉之一	七言絕句	夜風還作雨來聲。
154	〈將次葉城道中〉	五言律詩	竹輿伊軋聲。
158	〈同繼祖民瞻遊賦詩亭〉之二	七言絕句	冥冥青竹鳥三呼。
170	〈正月十六日夜二絕〉之二	五言絕句	悲吟連夜分。
174	〈岸幘〉	五言律詩	鳥鳴春意深。
175	〈雨〉	五言律詩	白澗晚來聲。
178	〈出山〉之二	五言絕句	山空樵斧響。
182	〈與夏致宏孫信道張巨山同集澗邊以散髮巖岫為韻賦四小詩〉之一	五言絕句	哦詩谷虛響。
228	〈五月二日避貴寇入洞庭湖絕句〉	七言絕句	鼓發嘉魚千面雷、一聽湘妃瑤瑟來。
232	〈雨中〉	七言絕句	雨打船篷聲百般。
246	〈別孫信道〉	五言律詩	歲暮蒹葭響。
250	〈衡嶽道中〉之一	七言律詩	村空更覺水潺湲。
261	〈絕句〉	五言絕句	竹輿鳴細雨。
272	〈晚步〉	五言律詩	眾籟夕還作。
274	〈今夕〉	五言律詩	靜夜聞孤泉。
276	〈羅江二絕〉之一	七言絕句	荒村終日水車鳴，陂北陂南共一聲。
290	〈觀雨〉	七言律詩	萬壑千林送雨聲。
292	〈寄大光二絕句〉之二	七言絕句	芭蕉急雨三更鬧。
295	〈村景〉	七言絕句	黃昏吹角聞呼鬼、水鳴車處稻苗多。
297	〈水車〉	七言絕句	江邊終日水車鳴。
309	〈石限病起〉	七言絕句	小院鴉鳴日午時。
318	〈次韻大光五羊待耿伯順之作〉	七言絕句	過岸櫓聲空復長。
330	〈夜賦〉	五言律詩	不知藥鼎沸，錯認雨聲來。
352	〈懷天經智老因訪之〉	七言律詩	杏花消息雨聲中。

	356	〈盆池〉	七言絕句	雨聲轉入浙江去。
	384	〈某以雨有嘉應遂占有秋輒採用家弟韻賦二絕句少賞勤毗之誠也〉之一	七言絕句	雨聲旋聽樹驚秋。
	388	〈蒙知府寵示秋日郡圃佳製遂侍杖屨逍遙林水間輒次韻四篇上瀆台覽〉之二	五言律詩	林聲隱四愁。
	389	〈蒙知府寵示秋日郡圃佳製遂侍杖屨逍遙林水間輒次韻四篇上瀆台覽〉之三	五言律詩	竹際笙簧起，回聽眾籟微。
	391	〈送人歸京師〉	七言絕句	門外子規啼未休。
	394	〈早行〉	七言絕句	稻田深處草蟲鳴。
嗅覺摹寫	65	〈蠟梅四絕句〉之一	五言絕句	中有萬斛香。
	103	〈梅花兩絕句〉之一	五言絕句	香處是梅花。
	143	〈香林〉之一	七言絕句	絕愛公家花氣新。
	235	〈閏八月十二日過奇父共坐翠寶軒賞木犀花玲瓏滿枝光氣動人念風日不貸此花無五日香矣而王使君未之知作小詩報之〉	七言絕句	清露香浮黃玉枝。
	265	〈先寄邢子友〉	七言律詩	桃李香中度笋輿。
	366	〈拒霜〉	五言律詩	草木有芬芳。
	377	〈和孫升之〉	七言律詩	月梅疎影夜香聞。
	386	〈梅〉	七言絕句	無限輕香夜遶家。
	404	〈用大成四桂坊韻賦詩贈令狐昆仲〉	七言律詩	得桂連枝手尚香。
味覺摹寫	28	〈即席重賦且約再遊〉之一	七言律詩	墻外池深酒亦寒。
	132	〈鄧州西軒書事〉之四	七言絕句	橄欖甜苦亦相并。
	404	〈用大成四桂坊韻賦詩贈令狐昆仲〉	七言律詩	醍酥乳酪元同味。
觸覺摹寫	21	〈以事走郊外示友〉	七言律詩	萬里天寒鴻雁瘦。
	24	〈次韻張迪功春日〉	七言律詩	年年春日寒欺客，今日春無一半寒。
	61	〈連雨賦書事〉之三	五言律詩	寒入薪芻價。

89	〈雨晴〉	七言律詩	盡取微涼供穩睡。
163	〈重陽〉	七言律詩	涼風又落宮南木。
164	〈有感再賦〉	七言絕句	龍沙此日西風冷。
166	〈送客出城西〉	七言律詩	寒日滿川分眾色。
180	〈入山〉之二	五言絕句	諸峯生晚寒。
215	〈夜賦寄友〉	五言律詩	空園浩蕩寒。
216	〈雨〉	五言律詩	地偏寒浩蕩。
217	〈春寒〉	七言絕句	春寒未了怯園公。
232	〈雨中〉	七言絕句	白頭當夏不禁寒。
270	〈江行晚興〉	五言排律	山下東風寒。
288	〈六月六日夜〉	五言律詩	涼氣亦徐還。
289	〈八月十七夜寄邢子友〉	五言律詩	涼風還有餘。
292	〈寄大光二絕句〉之二	七言絕句	客子殊方五月寒。
350	〈得張正字書〉	五言律詩	大寒人迹稀。
358	〈玉堂瀑直〉	七言絕句	斷雲吐日照寒廳。
370	〈心老久許為作畫未果以詩督之〉	五言律詩	山連微雨寒。
394	〈早行〉	七言絕句	露侵駝褐曉寒輕。
399	〈同家弟用前韻謝判府惠酒〉之一	七言律詩	未應杞菊賦寒悭。

上表列出陳與義近體詩之摹寫修辭，透過摹寫修辭，讀者可感受陳與義所體會之色彩、景象、聲音、氣味、味道、觸感等情境，如〈年華〉：「白日山川映，青天草木宜。」〔註6〕可見晴朗無雲之天氣、茂盛蓊鬱之草木；〈水車〉：「江邊終日水車鳴。」〔註7〕彷彿能聽見江邊水車終日辛勤地運轉不歇之聲；〈梅〉：「無限輕香夜遠家。」〔註8〕可嗅到梅花獨特之清雅芬芳散播四處。由上可知，摹寫修辭可讓人彷彿置身於詩人所處之環境。

〔註6〕引自鄭騫：《陳簡齋詩集合校彙注》，卷四，頁32。
〔註7〕引自鄭騫：《陳簡齋詩集合校彙注》，卷二十六，頁268。
〔註8〕引自鄭騫：《陳簡齋詩集合校彙注》，外集，頁348。

二、類疊

黃慶萱定義類疊修辭為：

> 同一個字、詞、語、句，或連接，或隔離。重複地使用著，
> 以加強語氣，使講話行文具有節奏感的修辭法。……就類疊
> 的內容說：有單音詞（字）、複音詞（複詞）的類疊；有語句
> 的類疊。就類疊的方式說：有連接的類疊，有隔離的類疊。
> 二者相乘，便有：一、疊字：字詞連接的類疊。二、類字：
> 字詞隔離的類疊。三、疊句：語句連接的類疊。四、類句：
> 語句隔離的類疊。〔註9〕

黃慶萱詳細說明了類疊之定義及分類，黃氏將類疊修辭細分為疊字、
類字、疊句、類句四項。陳望道《修辭學發凡》將「類疊」稱為「複
疊」，亦解釋類疊修辭之內容：

> 複疊是把同一的字接二連三地用在一起的辭格。共有兩種：
> 一種是隔離的，或緊相連接而意義不相等的，名叫複辭；一
> 是緊相連接而意義也相等的，名叫疊字。〔註10〕

陳望道之類疊分類較黃慶萱少，僅分為兩類，即複辭、疊字。杜淑貞曾
論及類疊修辭之文學效果：

> 類疊法，是指同一個字詞語句，接二連三反復地使用。在說
> 話或行文當中，字詞、語句之反復出現，往往比單次出現，
> 更能打動聽者、讀者的心靈，亦易造成聽覺上的節奏感，與
> 視覺上的固定刺激，徐志摩日記裡所強調的「數大便是美」，
> 即與此「類疊」修辭法，有異曲同工之妙。〔註11〕

綜上所述，可知類疊修辭之定義為重複使用同一字詞、語句。可用以加
強語氣，且容易形成節奏感，達到觸動讀者心靈之效果。

〔註9〕 節引自黃慶萱：《修辭學》，頁411、413。

〔註10〕 引自陳望道：《修辭學發凡》，頁171。

〔註11〕 引自杜淑貞：《現代實用修辭學》，高雄：復文圖書出版社，2010年9
月，頁185。

　　陳與義近體詩中頻繁使用疊字技巧，類字較少，並無疊句、類句修辭。疊字修辭共使用 98 次，類字修辭使用 15 次，合計 113 句使用了類疊修辭。以下列出各詩句中所出現之類疊修辭，如下表所示：

表二十七：陳與義近體詩之類疊修辭

類疊類別	編號	詩　名	體　裁	詩　句
疊字	1	〈送呂欽問監酒授代歸〉	五言律詩	「忽忽」秣歸馬。
	2	〈次韻周教授秋懷〉	七言律詩	天機「衮衮」山新瘦，世事「悠悠」日自斜。
	7	〈年華〉	五言律詩	「一一」入吾詩。
	8	〈茅屋〉	五言律詩	茅屋「年年」破，春風「歲歲」來。
	10	〈雨〉	五言律詩	「蕭蕭」十日雨、「衮衮」繁華地。
	15	〈和張規臣水墨梅五絕〉之二	七言絕句	「粲粲」江南萬玉妃。
	17	〈和張規臣水墨梅五絕〉之五	七言絕句	「年年」臨水看幽姿。
	19	〈連雨不能出有懷同年陳國佐〉	七言律詩	「漠漠」窮陰斷送秋。
	24	〈次韻張迪功春日〉	七言律詩	「年年」春日寒欺客。
	30	〈次韻家叔〉	七言律詩	「衮衮」諸公車馬塵。
	44	〈六言〉之一	六言絕句	莫賦澗松「鬱鬱」，但吟陂麥「青青」。
	46	〈次韻家弟碧線泉〉	七言律詩	對此「區區」轉患多。
	47	〈同家弟賦蠟梅詩得四絕句〉之一	五言絕句	「朱朱」與「白白」。
	59	〈連雨賦書事〉之一	五言律詩	「蕭蕭」穩送秋、「年年」授衣節。
	61	〈連雨賦書事〉之三	五言律詩	世事劇「悠悠」。
	65	〈蠟梅四絕句〉之一	五言絕句	與君「細細」輸。

66	〈蠟梅四絕句〉之二	五言絕句	「亭亭」倚風立。
67	〈蠟梅四絕句〉之三	五言絕句	「奕奕」金仙面。
68	〈蠟梅四絕句〉之四	五言絕句	「亭亭」金步搖。
69	〈陳叔易學士母阮氏挽詞〉之一	七言律詩	典刑「奕奕」照來今。
71	〈歸洛道中〉	七言律詩	征衫「歲歲」負年華、人生「擾擾」成底事。
88	〈道山宿直〉	七言律詩	「離離」樹子鵲驚飛。
97	〈試院書懷〉	五言律詩	「疏疏」一簾雨，「淡淡」滿枝花。
98	〈次韻何文縝題顏持約畫水墨梅花〉之一	七言絕句	賸拚心力喚「真真」。
102	〈為陳介然題持約畫〉	七言絕句	「層層」水落白灘生。
104	〈梅花兩絕句〉之二	五言絕句	曉天青「脈脈」。
109	〈對酒〉	七言律詩	是非「袞袞」書生老，歲月「忽忽」燕子回。
110	〈後三日再賦〉	七言律詩	一官「擾擾」身增病，萬事「悠悠」首獨回。
113	〈客裏〉	五言律詩	「悠悠」雜「唯唯」，「莫莫」更「休休」。
115	〈對酒〉	七言律詩	煙村「渺渺」欠高臺。
116	〈寒食〉	五言律詩	「草草」隨時事，「蕭蕭」傍水門。
117	〈感懷〉	七言律詩	「青青」草木浮元氣，「渺渺」山河接故鄉。
119	〈竇園醉中前後五絕句〉之二	七言絕句	海棠「脈脈」要詩催。
124	〈招張仲宗〉	七言律詩	北風「日日」吹茅屋，幽子「朝朝」只地爐。
126	〈寓居劉倉廨中晚步過鄭倉臺上〉	七言律詩	世事「紛紛」人老易，春陰「漠漠」絮飛遲。
135	〈鄧州西軒書事〉之七	七言絕句	不須「夜夜」看太白。
137	〈鄧州西軒書事〉之九	七言絕句	「時時」風葉一騷然。

140	〈縱步至董氏園亭〉之一	五言律詩	「莽莽」樽前事。
141	〈縱步至董氏園亭〉之二	七言絕句	槐樹「層層」新綠生。
147	〈春雨〉	五言律詩	「擾擾」成何事， 「悠悠」送此生。
148	〈雨〉	五言律詩	「忽忽」忘年老， 「悠悠」負日長。
158	〈同繼祖民瞻遊賦詩亭〉之二	七言絕句	「浩浩」白雲溪一色， 「冥冥」青竹鳥三呼。
180	〈入山〉之二	五言絕句	策杖煙「漫漫」。
186	〈聞王道濟陷虜〉	五言律詩	海內「堂堂」友。
189	〈和王東卿絕句〉之二	七言絕句	壓牆丹實已「垂垂」。
193	〈舟次高舍書事〉	七言律詩	亂後江山元「歷歷」， 世間岐路極「茫茫」。
198	〈再登岳陽樓感慨賦詩〉	七言律詩	橫陰背日揺「綿綿」。
201	〈除夜〉之二	七言絕句	「藝藝」街鼓不饒人。
213	〈陪粹翁舉酒於君子亭亭下海棠方開〉	七言律詩	春風「浩浩」吹遊子， 暮雨「霏霏」溼海棠。
216	〈雨〉	五言律詩	「霏霏」三日雨， 「藹藹」一園青。
217	〈春寒〉	七言絕句	二月巴陵「日日」風、 獨立「濛濛」細雨中。
223	〈雨中對酒庭下海棠經雨不歇〉	七言律詩	「草草」杯觴恨醉遲、 「茫茫」身世兩堪悲。
231	〈晚晴野望〉	五言排律	「悠悠」只倚杖， 「悄悄」自傷神。
247	〈江行野宿寄大光〉	七言律詩	投老相逢難「袞袞」。
249	〈適遠〉	五言律詩	「處處」非吾土， 「年年」避虜兵。
257	〈除夜不寐飲酒一杯明日示大光〉	七言絕句	「年年」佳節百憂中。
258	〈元日〉	七言律詩	楚俗今年「事事」非。
259	〈道中〉	五言律詩	「迢迢」傍山路， 「漠漠」滿林花。
263	〈將至杉木舖望野人居〉	七言絕句	春風「漠漠」野人居。

264	〈曉發杉木〉	五言律詩	「紛紛」世上事， 「寂寂」水邊行。
270	〈江行晚興〉	五言排律	「悠悠」良足歎。
275	〈山中〉	七言律詩	白水春陂天「澹澹」， 蒼峯晴雪錦「離離」。
277	〈羅江二絕〉之二	七言絕句	好語「重重」意不傳。
280	〈夏夜〉	五言律詩	「翻翻」雲渡漢， 「歷歷」水浮星。
286	〈山齋〉之二	五言律詩	「離離」飛鳥還。
306	〈題趙少隱清白堂〉之二	七言絕句	「白白」「青青」兩勝流。
308	〈次韻邢九思〉	七言律詩	百年「鼎鼎」雜悲歡。
315	〈舟行遣興〉	七言律詩	背人山嶺「重重」去， 照鷁梅花「樹樹」殘。
321	〈又和大光〉	七言絕句	「寂寂」孤村竹映沙。
325	〈自黃巖縣舟行入台州〉	七言律詩	「莽莽」滄波兼宿霧， 「紛紛」白鷺落山陂。
326	〈過下杯渡〉	五言律詩	「冉冉」雲隨舸， 「茫茫」鳥遡風。
327	〈王孫嶺〉	七言絕句	伏龍「莽莽」向川垂。
329	〈送熊博士赴瑞安令〉	七言律詩	衣冠「袞袞」相逢處， 草木「蕭蕭」未變時。
331	〈醉中〉	七言律詩	「茫茫」遠望不勝悲。
334	〈瓶中梅〉	五言律詩	東風「處處」新。
336	〈雨中〉	五言律詩	「鬱鬱」在樽前。
338	〈題伯時畫溫溪心等貢五馬〉	七言絕句	「漠漠」河西塵幾重。
341	〈題崇蘭圖〉之二	七言絕句	「奕奕」天風吹角巾。
343	〈劉大資挽詞〉之一	五言律詩	「堂堂」墮虜圍。
344	〈劉大資挽詞〉之二	五言律詩	「煌煌」中興業。
345	〈與智老天經夜坐〉	七言絕句	坐到更深都「寂寂」。
347	〈題江參山水橫軸畫俞秀才所藏〉之一	七言絕句	卷中「袞袞」溪山去， 筆下「明明」開闢初。
355	〈牡丹〉	七言絕句	十年伊洛路「漫漫」。

	357	〈松棚〉	七言絕句	「黯黯」當窗雲不驅。
	358	〈玉堂儤直〉	七言絕句	庭葉「瓏瓏」曉更青。
	360	〈晨起〉	七言絕句	「寂寂」東軒晨起遲。
	362	〈芙蓉〉	七言絕句	芙蓉牆外「垂垂」發。
	364	〈九月八日戲作兩絕句示妻子〉之一	五言絕句	重陽莫「草草」。
	367	〈微雨中賞月桂獨酌〉	七言絕句	暮雨「霏霏」欲溼鴉。
	368	〈畫梅〉	七言絕句	娥眉「淡淡」自成妝。
	373	〈和若拙弟得陪游後園〉之二	七言絕句	莫道「人人」握珠玉，應須「字字」挾風霜。
	380	〈某竊慕東坡以鐵拄杖為樂全生日之壽今以大銅餅上判府待制庶幾因以露區區且作詩二首將之亦東坡故事〉之二	七言律詩	千年秀結「重重」綠。
	381	〈又用韻春雪〉	七言律詩	最憐度牖「勤勤」意，更接飛花「細細」看。
	390	〈蒙知府寵示秋日郡圃佳製遂侍杖屨逍遙林水間輒次來韻四篇上瀆台覽〉之四	五言律詩	裁詠棗「離離」。
	391	〈送人歸京師〉	七言絕句	山村日落夢「悠悠」。
	397	〈再蒙寵示佳什殆無遺巧勉成二章一以報佳既一以自貽〉之一	七言律詩	「睆睆」休嫌笏與紳。
	398	〈再蒙寵示佳什殆無遺巧勉成二章一以報佳既一以自貽〉之二	七言律詩	諸長「袞袞」坐垂紳。
	399	〈同家弟用前韻謝判府惠酒〉之一	五言律詩	使者在門催「僕僕」，麯車入夢正「班班」。
類字	57	〈謹次十七叔去鄭詩韻二章以寄家叔一章以自詠〉之二	七言律詩	蚍蜉「堪」笑亦「堪」憐。
	60	〈連雨賦書事〉之二	五言律詩	「相」悲更「相」識。
	74	〈龍門〉	七言律詩	「看」水「看」山白髮長。
	75	〈次韻謝心老以緣事至魯山〉	七言律詩	歸「時」應與去「時」同。

80	〈中牟道中〉之一	七言絕句	雨意欲「成」還未「成」。
102	〈為陳介然題持約畫〉	七言絕句	「陂」南「陂」北聽秋聲。
185	〈與夏致宏孫信道張巨山同集澗邊以散髮巖岫為韻賦四小詩〉之四	五言絕句	張「子」臥石榻； 夏「子」理泉竇； 孫「子」獨不言。
238	〈十三日再賦二首其一以贊使君是日對花賦此韻詩筆落縱橫而郡中修水戰之具方大閱於燕公樓下也其一自敘所感憶年十五在杭州始識此花皆三丈高木嘗賦詩焉〉之一	七言絕句	賦罷木「犀」觀水「犀」。
274	〈今夕〉	五言律詩	今「夕」定何「夕」。
276	〈羅江二絕〉之一	七言絕句	「陂」北「陂」南共一聲。
296	〈次周漕族人韻〉	七言絕句	但修天「爵」膺人「爵」， 始信書「堂」有玉「堂」。
314	〈次韻謝呂居仁居仁時寓賀州〉	七言律詩	草茅「為」蓋竹「為」梁。
332	〈梅花〉之一	七言絕句	街頭「相」見如「相」識。
333	〈梅花〉之二	七言絕句	不是桃「花」與李「花」。
364	〈九月八日戲作兩絕句示妻子〉之一	五言絕句	今「夕」知何「夕」。

上表為陳與義近體詩中之類疊修辭，類疊修辭能造就形式上之整齊、節奏上之和諧，〈六言〉之一：「莫賦澗松『鬱鬱』，但吟陂麥『青青』。」〔註12〕其中「鬱鬱」描寫松樹林翁鬱茂盛，「青青」形容陂麥翠綠盎然，用疊字技巧將草木之生命力開展在讀者眼前。

三、轉化

何謂轉化修辭？黃慶萱《修辭學》云：

描述一件事物時，轉變其原來性質，化成另一種本質截然不同的事物，而加以形容敘述的，叫作「轉化」。〔註13〕

〔註12〕引自鄭騫：《陳簡齋詩集合校彙注》，卷六，頁56。
〔註13〕引自黃慶萱：《修辭學》，頁267。

因此可知當性質、本質轉變，並加以描述，即為轉化修辭。黃慶萱進一步將轉化修辭分為三類：

> 轉化的第一種是「人性化」，第二種是「物性化」，第三種是「形象化」。人性化是「擬物為人」；物性化是「擬人為物」；形象化則是「擬虛為實」，使抽象的觀念具體化。〔註14〕

陳望道《修辭學發凡》將「轉化」稱為「比擬」，其定義轉化修辭為：

> 將人擬物（就是以物比人）和將物擬人（就是以人比物）都是比擬，……可以分作兩類：將人擬作物的，稱為擬物；將物擬作人的，稱為擬人。〔註15〕

陳望道之轉化定義與黃慶萱相近，惟分類較黃氏少一項。黃麗貞則認為「轉化修辭」為：

> 打破物、我藩籬，把物我交融的情感發揮出來的語文表達方法。……當人變成某種事物的時候，他就具備了那種事物的特性；當某種事物轉化為人時，它就有感情和思想。〔註16〕

綜合以上所言，轉化修辭即為打破人、事、物原先之本質，轉變為不同之性質，使人有物之特徵、物有人之情態。

陳與義近體詩中共使用 89 次轉化修辭，其中 77 句為擬人，即擬物為人；12 句為形象化，並未使用擬人為物之技巧。筆者統整陳與義近體詩之轉化修辭，如下表所示：

表二十八：陳與義近體詩之轉化修辭

轉化類型	編號	詩　名	體　裁	詩　句
擬物為人	4	〈曼陀羅花〉	五言律詩	秋風不敢吹。
	13	〈和張規臣水墨梅五絕〉之一	七言絕句	桃李依然是僕奴。

〔註14〕 分見黃慶萱：《修辭學》，頁 267、268、269。
〔註15〕 節引自陳望道：《修辭學發凡》，頁 121。
〔註16〕 節引自黃麗貞：《實用修辭學》，臺北：國家出版社，2007 年 1 月，頁 117。

14	〈和張規臣水墨梅五絕〉之二	七言絕句	誰教也作陳玄面。
16	〈和張規臣水墨梅五絕〉之四	七言絕句	含章簷下春風面。
21	〈以事走郊外示友〉	七言律詩	紅葉無言秋又歸。
28	〈即席重賦且約再遊〉之一	七言律詩	牆頭花定覺風闌。
29	〈即席重賦且約再遊〉之二	七言律詩	怪我問花終不語。
35	〈梅花〉	七言絕句	桃李爭春奈晚何。
48	〈同家弟賦蠟梅詩得四絕句〉之二	五言絕句	到骨不留塵。
49	〈同家弟賦蠟梅詩得四絕句〉之三	五言絕句	黃羅作廣袂， 絳紗作中單。
60	〈連雨賦書事〉之二	五言律詩	風伯方安臥， 雲師亦少饕。
73	〈道中寒食〉之二	五言律詩	楊花不解事， 更作倚風輕。
79	〈詠蟹〉	七言絕句	但見橫行疑是躁， 不知公子實無腸。
80	〈中牟道中〉之一	七言絕句	歸雲卻作伴人行。
81	〈中牟道中〉之二	七言絕句	楊柳招人不待媒， 蜻蜓近馬忽相猜。
83	〈放慵〉	五言律詩	濃春醉海棠。
86	〈春日二首〉之一	七言絕句	紅綠扶春上遠林。
92	〈柳絮〉	七言絕句	柳送腰支日幾回， 更教飛絮舞樓臺。
100	〈又六言〉	六言絕句	管城呼上屏來。
104	〈梅花兩絕句〉之二	五言絕句	玉面立疏籬。
129	〈鄧州西軒書事〉之一	七言絕句	桃花初動雨留人。
140	〈縱步至董氏園亭〉之一	五言律詩	桃花笑不休。
143	〈香林〉之一	七言絕句	只恐微風喚起人。
144	〈香林〉之二	七言絕句	與春遮斷曉風來。
153	〈道中書事〉	五言排律	籃輿歲月奔。

157	〈同繼祖民瞻遊賦詩亭〉之一	七言絕句	從來華屋不關詩。
165	〈感事〉	五言排律	菊花紛四野， 作意為誰秋。
171	〈坐澗邊石上〉	七言絕句	澗水悲鳴無歇時。
172	〈採菖蒲〉	七言絕句	千歲龍蛇抱石躍。
176	〈醉中至西徑梅花下已盛開〉	七言絕句	褪盡紅綃見玉肌。
183	〈與夏致宏孫信道張巨山同集澗邊以散髮巖岫為韻賦四小詩〉之二	五言絕句	亂石披淺流。
187	〈均陽官舍有安榴數株著花絕稀更增妍麗〉	五言律詩	青旌擁絳節， 伴我作神仙。
197	〈巴丘書事〉	七言律詩	晚木聲酣洞庭野， 晴天影抱岳陽樓。 四年風露侵遊子， 十月江湖吐亂洲。
199	〈又登岳陽樓〉	七言絕句	欄干留我不須歸。
201	〈除夜〉之二	七言絕句	鼕鼕街鼓不饒人。
204	〈火後借居君子亭書事四絕呈粹翁〉之二	七言絕句	祝融回祿意佳哉， 挽我梅花樹下來。
207	〈再賦〉之一	七言絕句	西園芳氣雨餘新， 喚起亭中入定人。
211	〈二十一日風甚明日梅花無在者獨紅萼留枝間甚可愛也〉	七言絕句	群仙已御東風去， 總脫絳袂留林間。
212	〈望燕公樓下李花〉	七言律詩	羽蓋夢餘當晝立， 縞衣風急過牆來。
217	〈春寒〉	七言絕句	海棠不惜臙脂色。
218	〈次韻傅子文絕句〉	七言絕句	荒街相伴只筇枝。
223	〈雨中對酒庭下海棠經雨不歇〉	七言律詩	海棠猶待老夫詩。
229	〈細雨〉	五言律詩	平湖受細雨， 遠岸送輕舟。 天地悲深阻， 山川慰久留。

230	〈贈傅子文〉	七言律詩	山川終要識詩人。
234	〈自五月二日避寇轉徙湖中復從華容道烏沙還郡七月十六日夜半出小江山宿焉徙倚托樓書事十二句〉	五言排律	芙藻披月中。
243	〈初識茶花〉	七言絕句	青裙玉面初相識。
247	〈江行野宿寄大光〉	七言律詩	天地無情白髮長。
258	〈元日〉	七言律詩	汀草岸花知節序。
268	〈舟泛邵江〉	五言律詩	落花樓客鬢。
272	〈晚步〉	五言律詩	春半水爭流。
273	〈雨〉	五言律詩	無風溪自閑。
274	〈今夕〉	五言律詩	微陰拱眾木。
283	〈題水西周三十三壁〉之一	七言絕句	白鷺衝煙送酒來。
302	〈別諸周〉之二	七言絕句	隴雲知我欲船開、山靈應許卻歸來。
310	〈愚溪〉	五言律詩	清溪抱竹林。
317	〈與大光同登封州小閣〉	七言律詩	萬本梅花為我壽。
329	〈送熊博士赴瑞安令〉	七言律詩	天地無情子亦飢。
331	〈醉中〉	七言律詩	稽山擁郭東西去。
332	〈梅花〉之一	七言絕句	玉顏紅領會稽偃。
334	〈瓶中梅〉	五言律詩	玉立耿無鄰。紅綠兩重袂，慇懃滿面春。
337	〈渡江〉	五言律詩	迎人樹欲來。
339	〈題畫〉	七言絕句	亦有溪流曲抱村。
342	〈九日示大圓洪智〉	五言絕句	無奈菊花枝。
354	〈葉柟惠花〉	七言絕句	今日花枝喚得迴。
362	〈芙蓉〉	七言絕句	九月憑欄未怯風。
367	〈微雨中賞月桂獨酌〉	七言絕句	天下風流月桂花。
368	〈畫梅〉	七言絕句	脂粉不施憔悴盡。
369	〈竹〉	七言絕句	高枝已約風為友。
376	〈墨戲〉之二	七言絕句	蕭艾從來不共春。

	383	〈某用家弟韻賦絕句上浼清視蕪詞累句非敢以為詩也願賜一言卒相之〉	七言絕句	只應綠士蒼官輩。
	384	〈某以雨有嘉應遂占有秋輒採用家弟韻賦二絕句少賁勤卹之誠也〉之一	七言絕句	雨聲旋聽樹驚秋。
	386	〈梅〉	七言絕句	強將嬌淚學梨花。
	387	〈蒙知府寵示秋日郡圃佳製遂侍杖屨逍遙林水間輒次韻四篇上瀆台覽〉之一	五言律詩	寒欺葉遞紅。
	388	〈蒙知府寵示秋日郡圃佳製遂侍杖屨逍遙林水間輒次韻四篇上瀆台覽〉之二	五言律詩	鳥語知公樂，晴山及我游。
	389	〈蒙知府寵示秋日郡圃佳製遂侍杖屨逍遙林水間輒次韻四篇上瀆台覽〉之三	五言律詩	草色違秋意，池光淨客衣。
	394	〈早行〉	七言絕句	寂寞小橋和夢過。
	399	〈同家弟用前韻謝判府惠酒〉之一	七言律詩	麴車入夢正班班。
形象化	1	〈送呂欽問監酒授代歸〉	五言律詩	離恨滿霜天。
	31	〈次韻答張迪功坐上見貽張將赴南都任〉之一	七言律詩	免對妻兒賦百憂。
	35	〈梅花〉	七言絕句	破雪數枝春已多。
	107	〈九日宜春苑午憩幕中聽大光誦朱迪功詩〉	七言絕句	臥聽西風吹好句。
	116	〈寒食〉	五言律詩	吹恨滿清尊。
	256	〈除夜次大光韻大光是夕婚〉	七言絕句	坐看新年上鬢端。
	284	〈題水西周三十三壁〉之二	七言絕句	周子簣中早得春。
	316	〈康州小舫與耿百順李德升席大光鄭德象夜語以更長愛燭紅為韻得更字〉	七言律詩	都送新愁入櫓聲。
	387	〈蒙知府寵示秋日郡圃佳製遂侍杖屨逍遙林水間輒次韻四篇上瀆台覽〉之一	五言律詩	秋入池深碧。

395	〈余識景純家弟出其詩見示喜其同臭味也輒用大成黃字韻賦八句贈之〉	七言律詩	賸收篇詠作歸裝。
396	〈次韻景純道中寄大成〉	七言律詩	佳篇咀嚼真堪飽。
400	〈同家弟用前韻謝判府惠酒〉之二	七言律詩	以醉為鄉可徑歸。

上表為陳與義近體詩之轉化修辭，「擬人的特點在於『擬』，即把客觀的事物當成人，這樣就創造了一個主客體交融的藝術世界」〔註 17〕，如〈梅花〉之一：「玉顏紅領會稽僊。」〔註 18〕以擬人手法敘述梅花外觀，將梅花描寫成如玉之容顏、朱紅領子的天仙，將梅花嬌豔欲滴之姿態寫得活靈活現。而「形象化」則是擬虛為實，「具體形象是實，抽象情思是虛，這種由虛實聯想所連接與組合而成的形象，既富於生活實感，又富於空靈之趣，對讀者的審美聯想具有強烈的刺激力。……所謂詩意，常常就誕生在虛實之間，如同點燃鞭炮的引線使鞭炮開花，虛實聯想也好比是詩意的引線，使得詩花怒放」〔註 19〕。如〈送呂欽問監酒授代歸〉：「離恨滿霜天。」〔註 20〕將離別之惆悵心情形象化、具體化，如同星斗般佈滿天際。此句不僅把離恨之情形象化，更用廣闊無邊的空間感強調此情緒，可以想見陳與義送別之離愁有多麼深刻！

四、倒裝

董季棠《修辭析論》定義「倒裝修辭」為：

> 倒裝，就是一句話，在文法規律上，應該這麼順著說；但在修辭上，為了某種需要，卻那麼倒著說。〔註 21〕

因此可知「倒裝」會出現語句成分顛倒次序之情形，而董季棠進一步說

〔註17〕 參見吳俊：〈擬人的審美價值〉，《修辭學習》，第 2 期，2003 年，頁 36。
〔註18〕 引自鄭騫：《陳簡齋詩集合校彙注》，卷二十八，頁 292。
〔註19〕 節自李元洛：《詩美學》，臺北：東大圖書股份有限公司，1990 年 2 月，頁 310。
〔註20〕 引自鄭騫：《陳簡齋詩集合校彙注》，卷一，頁 9。
〔註21〕 引自董季棠：《修辭析論》，臺北：文史哲出版社，1992 年 6 月，頁 431。

明倒裝修辭有兩種情形：

> 一、為文意的需要而倒裝：修辭的倒裝，不是自然的習慣問
> 題，而是人工的特意安排。目的在使句子剛健有力，逼
> 真傳神。
>
> 二、為格律的需要而倒裝：其次，是為了遷就格律，而故意
> 倒裝的。譬如為了押韻，就常有倒裝。〔註22〕

由上述可知，文人常是為了文意或格律需要而使用倒裝修辭。許清雲
亦說明「倒裝修辭」之定義：

> 倒裝是故意顛倒句子成分或分句的句序。其作用在於能加強
> 語勢，突出重點，協調音律，錯綜句法，配成對偶。〔註23〕

許氏所說「加強語勢，突出重點」即為董氏所言「使句子剛健有力，逼
真傳神」，則綜上所述，「倒裝」修辭為顛倒句子成分之順序，可使語句
合乎格律、加強重點及音律和諧。

　　陳與義近體詩中使用倒裝修辭66次，如下表所示：

表二十九：陳與義近體詩之倒裝修辭

編號	詩　名	體　裁	詩　句	倒裝前之詩句
18	〈夜雨〉	七言律詩	獨無宋玉悲歌念。	獨無宋玉念悲歌。
25	〈又和歲除感懷用前韻〉	七言律詩	梅花已判隔年看。	已判隔年看梅花。
32	〈次韻答張迪功坐上見貽張將赴南都任〉之二	七言律詩	世事無窮悲客子。	世事無窮客子悲。
59	〈連雨賦書事〉之一	五言律詩	雲氣昏城壁，鐘聲咽寺樓。	城壁雲氣昏，寺樓鐘聲咽。
85	〈清明二絕〉之二	七言絕句	一簾晚日看收盡。	一簾看收晚日盡。
86	〈春日二首〉之一	七言絕句	忽有好詩生眼底。	眼底忽有好詩生。

〔註22〕分見董季棠：《修辭析論》，頁432、435。
〔註23〕引自許清雲：《近體詩創作理論》，臺北：洪葉文化事業有限公司，1999
　　　　年4月，頁379。

92	〈柳絮〉	七言絕句	更教飛絮舞樓臺。	更教飛絮樓臺舞。
97	〈試院書懷〉	五言律詩	茫然十年事。	十年事茫然。
108	〈西省酴醾架上殘雪可愛戲同王元忠席大光賦詩〉	七言絕句	還揩病眼作花看。	還揩病眼看作花。
118	〈竇園醉中前後五絕句〉之一	七言絕句	東風吹雨小寒生。	東風吹雨生小寒。
125	〈宴坐之地籧篨覆之名曰篷齋〉	七言絕句	會有打窗風雪夜。	夜會有打窗風雪。
126	〈寓居劉倉廨中晚步過鄭倉臺上〉	七言律詩	世事紛紛人老易。	世事紛紛人易老。
127	〈發商水道中〉	五言律詩	山川馬前闊。	馬前山川闊。
128	〈西軒寓居〉	五言律詩	蛇蚓起相尋。	起相尋蛇蚓。
130	〈鄧州西軒書事〉之二	七言絕句	白頭更著亂蟬催。	亂蟬更著催白頭。
142	〈縱步至董氏園亭〉之三	七言絕句	十丈虛庭借雨看。	十丈虛庭借看雨。
148	〈雨〉	五言律詩	庭梧滿意涼。	庭梧滿涼意。
152	〈秋日客思〉	七言律詩	蓬萊可託無因至。	可託無因至蓬萊。
153	〈道中書事〉	五言排律	客愁無處避。	無處避客愁。
160	〈題繼祖蟠室〉之一	七言絕句	功名不恨十年遲。	不恨功名十年遲。
161	〈題繼祖蟠室〉之二	七言絕句	打包隨處野僧如。	隨處打包如野僧。
167	〈得席大光書因以詩迓之〉	七言律詩	萬事莫論兵動後。	兵動後萬事莫論。
173	〈晚望信道立竹林邊〉	七言絕句	修竹林邊煙過遲。	煙過修竹林邊遲。
176	〈醉中至西徑梅花下已盛開〉	七言絕句	梅花亂發雨晴時。	雨晴時梅花亂發。
194	〈石城夜賦〉	五言律詩	為客寐常晚。	為客常晚寐。
198	〈再登岳陽樓感慨賦詩〉	七言律詩	草木相連南服內，江湖異態欄干前。	南服內草木相連，欄干前江湖異態。

200	〈除夜〉之一	七言律詩	盡情燈火向人明。	燈火盡情向人明。
202	〈火後問舍至城南有感〉	七言律詩	魂傷瓦礫舊曾遊，尚想奔煙萬馬逍。	魂傷舊曾遊瓦礫，尚想萬馬逍奔煙。
203	〈火後借居君子亭書事四絕呈粹翁〉之一	七言絕句	君子亭中眠白晝。	君子亭中白晝眠。
206	〈火後借居君子亭書事四絕呈粹翁〉之四	七言絕句	君子亭中人不尋。	君子亭中不尋人。
210	〈再賦〉之四	七言絕句	水偓多處試來尋。	多處試來尋水偓。
211	〈二十一日風甚明日梅花無在者獨紅萼留枝間甚可愛也〉	七言絕句	昨日梅花猶可攀。	昨日猶可攀梅花。
219	〈周尹潛渦門不我顧遂登西樓作詩見寄次韻謝之〉之一	七言絕句	曉窗飛雪愜幽聽。	愜幽聽曉窗飛雪。
225	〈尋詩兩絕句〉之二	七言絕句	愛把山瓢莫笑儂。	莫笑儂愛把山瓢。
232	〈雨中〉	七言絕句	雨打船蓬聲百般。	雨打船蓬百般聲。
236	〈再賦二首呈奇父奇父自號七澤先生〉之一	七言絕句	秋藏葉花客子迷。	客子迷秋藏葉花。
237	〈再賦二首呈奇父奇父自號七澤先生〉之二	七言絕句	香遍東園花一枝。	一枝花香遍東園。
259	〈道中〉	五言律詩	破水雙鷗影，掀泥百草芽。	雙鷗影破水，百草芽掀泥。
261	〈絕句〉	五言絕句	野鴨飛無數。	無數野鴨飛。
262	〈甘棠道中〉	七言絕句	桃花向來渾不數。	向來渾不數桃花。
266	〈立春日雨〉	七言律詩	容易江邊欺客袂，分明沙際涇年華。	江邊容易欺客袂，沙際分明涇年華。
267	〈初至邵陽逢入桂林使作書問其地之安危〉	五言律詩	老矣身安用。	身老矣安用。

270	〈江行晚興〉	五言排律	煙嶺叢花照， 夕灣群鷺盤。	叢花照煙嶺， 群鷺盤夕灣。
293	〈寄德升大光〉	七言律詩	也置樵夫尺一中。	也置樵夫一尺中。
294	〈次韻謝邢九思〉	七言律詩	能賦君推三世事， 倦遊我棄七年官。	君能賦推三世事， 我倦遊棄七年官。
307	〈題趙少隱清白堂〉之三	七言絕句	雪裏芭蕉摩詰畫。	摩詰畫雪裏芭蕉。
308	〈次韻邢九思〉	七言律詩	山林未必容身得。	山林未必容得身。
310	〈愚溪〉	五言律詩	欄干試獨臨。	試獨臨欄干。
311	〈題道州甘泉書院〉	七言律詩	牀座略容摩詰借。	牀座略容借摩詰。
315	〈舟行遣興〉	七言律詩	酌酒柂樓今日意。	柂樓酌酒今日意。
317	〈與大光同登封州小閣〉	七言律詩	共登小閣春風裏。	春風裏共登小閣。
323	〈宿資聖院閣〉	五言律詩	遠岫林間見， 微泉舍後聞。	林間見遠岫， 舍後聞微泉。
332	〈梅花〉之一	七言絕句	鐵面蒼髯洛陽客。	洛陽客鐵面蒼髯。
333	〈梅花〉之二	七言絕句	夢回映月窗間見。	夢回窗間見映月。
337	〈渡江〉	五言律詩	搖檝天平渡。	搖檝渡天平。
339	〈題畫〉	七言絕句	分明樓閣是龍門。	樓閣分明是龍門。
340	〈題崇蘭圖〉之一	七言絕句	兩公得我色敷腴。	兩公得我敷腴色。
341	〈題崇蘭圖〉之二	七言絕句	照影溪頭共六人。	溪頭照影共六人。
361	〈登閣〉	五言律詩	遠遊吾未能。	吾未能遠遊。
365	〈九月八日戲作兩絕句示妻子〉之二	五言絕句	重陽明日是。	明日是重陽。
371	〈長沙寺桂花重開〉	七言絕句	喚出西廂共看來。	喚出西廂來共看。
374	〈季高送酒〉	七言絕句	自接麯生蓬戶外。	蓬戶外自接麯生。
384	〈某以雨有嘉應遂占有秋輒採用家弟韻賦二絕句少賫勤卹之誠也〉之一	七言絕句	雲氣初看龍起湫， 雨聲旋聽樹驚秋。	初看雲氣龍起湫， 旋聽雨聲樹驚秋。

390	〈蒙知府寵示秋日郡圃佳製遂侍杖屨逍遙林水間輒次韻四篇上瀆台覽〉之四	五言律詩	林深受風得， 柏老到霜知。	林深受得風， 柏老知霜到。
400	〈同家弟用前韻謝判府惠酒〉之二	七言律詩	狂言戲作麻姑送。	戲作狂言送麻姑。
404	〈用大成四桂坊韻賦詩贈令狐昆仲〉	七言律詩	新詩不減住雞坊。	住雞坊新詩不減。

倒裝在文言文中是常見之修辭，其目的除了要突出某一成分外，更主要的是為了符合格律之要求〔註24〕，如〈江行晚興〉：「煙嶺叢花照，夕灣群鷺盤。」〔註25〕其原句應為「叢花照煙嶺，群鷺盤夕灣。」平仄次序未符合近體詩格律，則為了格律需求而使用倒裝修辭。再如〈宿資聖院閣〉：「遠岫林間見，微泉舍後聞。」〔註26〕其原句作「林間見遠岫，舍後聞微泉。」，同樣因平仄未符合近體詩格律要求，而使用倒裝修辭加以微調，使語句符合格律規則。

五、借代

黃慶萱解釋「借代修辭」之定義為：

> 所謂借代，就是指在談話或行文中，放棄通常使用的本名或語句不用，而另找其他名稱或語句來代替。除了使文辭新奇有趣之外，還可以凸顯事物的特徵，使要表達的命意更為適切、細膩、深刻。〔註27〕

而陳望道亦解釋「借代修辭」之內容：

> 所說事物縱與其他事物沒有類似點，假使中間還有不可分離的關係時，作者也可借那關係事物的名稱，來代替所說的事

〔註24〕 意引謝百中：〈試論倒裝修辭在格律詩（詞曲）中的作用〉，《江西教育學院學報》，第 31 卷第 2 期，2010 年 4 月，頁 59。
〔註25〕 引自鄭騫：《陳簡齋詩集合校彙注》，卷二十四，頁 247。
〔註26〕 引自鄭騫：《陳簡齋詩集合校彙注》，卷二十八，頁 288。
〔註27〕 引自黃慶萱：《修辭學》，頁 251。

物。如此借代的，名叫借代辭。〔註28〕

除了上述兩位學者之見解外，譚永祥亦表示

> 甲乙兩事物存在某種關係，便把甲事物藏去不說，借與之相
> 關的乙事物來替代，這種修辭手法叫「借代」。〔註29〕

另外，周生亞亦說明「借代修辭」定義，並闡述其文學作用：

> 一種事物，不用其本來名稱，而用另一種與之相關的名稱來
> 代替它的一種修辭方式就叫借代。借代可以使詩歌語言更加
> 鮮明、生動，避免詞語重復，給人以新奇感，也易於產生聯
> 想。〔註30〕

綜合上述學者所言，借代修辭是借相關事物之名稱代替原本之名稱，可強調事物特徵、使語句生動，並讓讀者容易聯想。

陳與義近體詩中共出現 55 次借代修辭，如下表所示：

表三十：陳與義近體詩之借代修辭

編號	詩　名	體　裁	詩　句	借代之物
9	〈酴醿〉	五言律詩	白日照「繁香」。	花
10	〈雨〉	五言律詩	穩送「祝融」歸。	火災
22	〈十月〉	七言律詩	十月「北風」催歲闌。	冬季之風
23	〈題小室〉	七言律詩	諸公自致「青雲」上。	仕途
26	〈張迪功攜詩見過次韻謝之〉之一	七言律詩	「青衫」俱不救飢寒。	官員
30	〈次韻家叔〉	七言律詩	「黃花」不負秋風意。	菊花
35	〈梅花〉	七言絕句	一時傾倒「東風」意。	春季之風
37	〈次韻謝表兄張元東見寄〉	七言律詩	書來已似隔三「秋」。	年

〔註28〕引自陳望道：《修辭學發凡》，頁 84。

〔註29〕引自譚永祥：《漢語修辭美學》，北京：北京語言學院，1992 年 12 月，頁 434。

〔註30〕引自周生亞：《古代詩歌修辭》，頁 74。

47	〈同家弟賦蠟梅詩得四絕句〉之一	五言絕句	已傍「額黃」來。	婦女之妝飾
60	〈連雨賦書事〉之二	五言律詩	「風伯」方安臥，「雲師」亦少饕。	風、雲
69	〈陳叔易學士母阮氏挽詞〉之一	七言律詩	「鶴髮」魚軒汝水潯。	白髮
70	〈陳叔易學士母阮氏挽詞〉之二	七言律詩	空令苦淚漲「黃泉」。	人過世後居住處
77	〈秋夜〉	七言絕句	莫遣「西風」吹葉盡。	秋季之風
84	〈清明二絕〉之一	七言絕句	「東風」也作清明節。	春季之風
90	〈十月〉	七言律詩	睡過三「冬」莫開戶，「北風」不貸芰荷衣。	年、冬季之風
100	〈又六言〉	六言絕句	「管城」呼上屏來。	筆
107	〈九日宜春苑午憩幕中聽人光誦朱迪功詩〉	七言絕句	臥聽「西風」吹好句。	秋季之風
113	〈客裏〉	五言律詩	客裏「東風」起。	春季之風
117	〈感懷〉	七言律詩	少日爭名「翰墨場」。	文壇
118	〈寶園醉中前後五絕句〉之一	七言絕句	「東風」吹雨小寒生。	春季之風
124	〈招張仲宗〉	七言律詩	「北風」日日吹茅屋。	冬季之風
125	〈宴坐之地籚蔭覆之名曰篷齋〉	七言絕句	旋作篷齋待「朔風」。	冬季之風
126	〈寓居劉倉廨中晚步過鄭倉臺上〉	七言律詩	滿面「東風」二月時。	春季之風
127	〈發商水道中〉	五言律詩	「東風」動柳枝。	春季之風
133	〈鄧州西軒書事〉之五	七言絕句	束南「鬼火」成何事。	戰爭
134	〈鄧州西軒書事〉之六	七言絕句	不待「白首」同「歸」。	年老、死亡
138	〈鄧州西軒書事〉之十	七言絕句	千「秋」天地幾英雄。	年
155	〈至葉城〉	五言律詩	遙憐五歲「雛」。	孩子

164	〈有感再賦〉	七言絕句	「天恩」曾與宴城東、龍沙此日「西風」冷。	國君、秋季之風
165	〈感事〉	五言排律	「干戈」竟未休。	戰爭
166	〈送客出城西〉	七言律詩	鄧州誰亦解「丹青」。	圖畫
179	〈入山〉之一	五言絕句	「東風」不惜花。	春季之風
189	〈和王東卿絕句〉之二	七言絕句	滿袖「西風」信所之。	秋季之風
204	〈火後借居君子亭書事四絕呈粹翁〉之二	七言絕句	「祝融回祿」意佳哉、一夜「東風」不知惜。	火災、春季之風
211	〈二十一日風甚明日梅花無在者獨紅萼留枝間甚可愛也〉	七言絕句	群仙已御「東風」去。	春季之風
220	〈周尹潛過門不我顧遂登西樓作詩見寄次韻謝之〉之二	七言絕句	「飛花」端合上樓看。	雪
240	〈兩絕句〉之一	七言絕句	「西風」吹日弄晴陰。	秋季之風
241	〈兩絕句〉之二	七言絕句	但得「黃花」不牢落。	菊花
279	〈三月二十日聞德音寄李德升席大光新有召命皆寓永州〉	七言律詩	塵隔「斗牛」三月餘、「九廟」無歸計莫疏。	繁星、國君
293	〈寄德升大光〉	七言律詩	易著「青衫」隨世事。	官袍
294	〈次韻謝邢九思〉	七言律詩	豈料相逢「虺蜮」壇。	小人
300	〈拜詔〉	七言絕句	新披「紫綬佩金魚」。	官袍
301	〈別諸周〉之一	七言絕句	風送「孤篷」不可遮。	船
332	〈梅花〉之一	七言絕句	恨滿「東風」意不傳。	春季之風
334	〈瓶中梅〉	五言律詩	「東風」處處新。	春季之風
355	〈牡丹〉	七言絕句	獨立「東風」看牡丹。	春季之風
360	〈晨起〉	七言絕句	風來眾「綠」一時動。	草木
365	〈九月八日戲作兩絕句示妻子〉之二	五言絕句	何處有「黃花」。	菊花
366	〈拒霜〉	五言律詩	「西風」吹綠裳。	秋季之風
381	〈又用韻春雪〉	七言律詩	「東風」肯奈烏烏寒、更接「飛花」細細看。	春季之風、雪

382	〈次韻邢子友〉	七言律詩	三「春」勝日偶成遊。	年
386	〈梅〉	七言絕句	一陣「東風」涇殘雪。	春季之風
393	〈和顏持約〉	七言絕句	一笛「西風」夜倚樓。	秋季之風
397	〈再蒙寵示佳什殆無遺巧勉成二章一以報佳貺一以自貽〉之一	七言律詩	讀書只用三「冬」足。	年
398	〈再蒙寵示佳什殆無遺巧勉成二章一以報佳貺一以自貽〉之二	七言律詩	誰信「北風」欺得人。	冬季之風

上表為陳與義近體詩中之借代修辭，其中，以「季風之代稱」出現次數最多，總計26句。如〈清明二絕〉之一：「『東風』也作清明節。」〔註31〕以「東風」代稱春風；再如〈秋夜〉：「莫遣『西風』吹葉盡。」〔註32〕以「西風」借代秋風；又如〈招張仲宗〉：「『北風』口口吹茅屋。」〔註33〕以「北風」代稱冬風。

六、設問

黃慶萱《修辭學》定義「設問修辭」為：

> 講話行文，忽然變平敘的語氣為詢問的語氣，藉以凸顯論點，引起注意，甚或啟發思考，而使話語、文章激起波瀾的修辭法，叫作設問。〔註34〕

黃慶萱將設問修辭細分為三類，第一類為內心確有疑問的「設問」；第二類為激發本意而發問，而答案就在問題之反面，稱為「激問」；第三類是為了提起下文而發問，答案即在問題之後，叫作「提問」〔註35〕。而陳望道則將設問修辭分為兩類：

> 胸中早有定見，話中故意設問的，名叫設問。這種設問，共

〔註31〕 參見鄭騫：《陳簡齋詩集合校彙注》，卷十，頁96。
〔註32〕 參見鄭騫：《陳簡齋詩集合校彙注》，卷九，頁85。
〔註33〕 引自鄭騫：《陳簡齋詩集合校彙注》，卷十四，頁138。
〔註34〕 引自黃慶萱：《修辭學》，頁35。
〔註35〕 意引黃慶萱：《修辭學》，頁36～38。

分兩類：一、是為提醒下文而問的，我們稱為提問，這種設
問必定有答案在它下文；二、是為激發本意而問的，我們稱
為激問，這種設問必定有答案在它反面。〔註36〕

另外，黃麗貞亦提出解釋：

說話的人，把早已確定的意見，故意用疑問句式來表達，以
引人注意、啟發思考、凸出論點、加深印象，就是「設問」
修辭法。〔註37〕

因此，綜合以上之言，「設問」是以疑問句表達意見之修辭，可分為三
類，分別為：純粹提出疑問之設問、答案在問題反面之激問、答案即
在問題後之提問三種。設問修辭可強調論點、激發思考，進而加深讀者
印象。

陳與義近體詩中使用 38 次設問修辭，其中再細分設問修辭佔 23
次；激問修辭佔 15 次，未使用提問修辭，統整表如下所示：

表三十一：陳與義近體詩之設問修辭

設問類型	編號	詩　名	體　裁	詩　句
設問	12	〈題許道寧畫〉	五言律詩	蒼然何郡山？
	64	〈次韻樂文卿北園〉	七言律詩	此生能費幾詩筒。
	66	〈蠟梅四絕句〉之二	五言絕句	來從底處所？
	72	〈道中寒食〉之一	五言律詩	能供幾歲月。
	75	〈次韻謝心老以緣事至魯山〉	七言律詩	禪師瓶貯幾多空？
	81	〈中牟道中〉之二	七言絕句	如何得與涼風約。
	145	〈香林〉之三	七言絕句	誰見繁香度牖時。
	165	〈感事〉	五言排律	作意為誰秋。
	209	〈再賦〉之三	七言絕句	誰見扶筇獨上時。
	213	〈陪粹翁舉酒於君子亭亭下海棠方開〉	七言律詩	使君禮數能寬否？

〔註36〕引自陳望道：《修辭學發凡》，頁143。
〔註37〕引自黃麗貞：《實用修辭學》，頁173。

	214	〈春夜感懷寄席大光〉	七言律詩	何時相伴一燈前。
	227	〈次韻尹潛感懷〉	七言律詩	誰持白羽靜風塵。
	289	〈六月十七夜寄邢子友〉	五言律詩	今夕復焉如。
	292	〈寄大光二絕句〉之二	七言絕句	近得會稽消息否。
	301	〈別諸周〉之一	七言絕句	臨行有恨君知否？
	319	〈雨中再賦海山樓詩〉	七言律詩	滅胡猛士今安有。
	338	〈題伯時畫溫溪心等貢五馬〉	七言絕句	漠漠河西塵幾重。
	353	〈櫻桃〉	七言絕句	何似筠籠相發揮。
	357	〈松棚〉	七言絕句	何似茅山陶隱居。
	364	〈九月八日戲作兩絕句示妻子〉之一	五言絕句	今夕知何夕？
	365	〈九月八日戲作兩絕句示妻子〉之二	五言絕句	何處有黃花。
	377	〈和擬升之〉	七言律詩	何意一星窺妙義。
	397	〈再蒙寵示佳什殆無遺巧勉成二章一以報佳貺一以自貽〉之一	七言律詩	誰言上界多官府。
激問	2	〈次韻周教授秋懷〉	七言律詩	東門何地不宜瓜。
	45	〈六言〉之二	六顏絕句	何必思之爛熟。
	48	〈同家弟賦蠟梅詩得四絕句〉之二	五言絕句	韻勝誰能捨。
	49	〈同家弟賦蠟梅詩得四絕句〉之三	五言絕句	人間誰敢著。
	50	〈同家弟賦蠟梅詩得四絕句〉之四	五言絕句	誰敢鬭香來。
	52	〈次韻光化宋唐年主簿見寄〉之二	七言律詩	天馬何妨略受羈。
	253	〈衡嶽道中〉之四	五言絕句	今日豈無恨。
	308	〈次韻邢九思〉	七言律詩	顏面何宜與世看。
	313	〈戲大光送酒〉	七言絕句	對花那得欠清盃。
	325	〈自黃巖縣舟行入台州〉	七言律詩	萬事悲歡豈可期。
	376	〈墨戲〉之二	七言絕句	何須更待秋風至。

383	〈某用家弟韻賦絕句上浼清視蕪詞累句非敢以為詩也願賜一言卒相之〉	七言絕句	九州何路不羊腸。
395	〈余識景純家弟出其詩見示喜其同臭味也輒用大成黃字韻賦八句贈之〉	七言律詩	曷不少留束閣醉。
396	〈次韻景純道中寄大成〉	七言律詩	此日何憂甑有塵。
398	〈再蒙寵示佳什殆無遺巧勉成二章一以報佳貺一以自貽〉之二	七言律詩	誰信北風欺得人。

上表為陳與義近體詩使用之設問修辭，其中，單純提出疑問，並無答案的設問技巧，如〈中牟道中〉之二：「如何得與涼風約。」〔註38〕此句沒有答案，純粹提出疑問，即為設問修辭；答案在問題反面之激問技巧，如〈自黃巖縣舟行入台州〉：「萬事悲歡豈可期。」〔註39〕答案其實為「萬事悲歡不可期」，如此即為激問修辭。

七、映襯

何謂映襯修辭？陳望道《修辭學發凡》曰：

> 這是揭出互相反對的事物來相映相襯的辭格。……作用在將相反的兩件事物彼此相形，使所說的一面分外鮮明，或所說的兩面交相映發。〔註40〕

蔡宗陽詳細闡述映襯修辭之定義：

> 將兩種相反的觀念或事物，對立並列，互相比較，以便語氣更增強，意義更明顯的一種修辭技巧。映襯，又叫襯托、對照、對比。〔註41〕

路燈照、成九田亦解釋映襯修辭之定義：

〔註38〕引自鄭騫：《陳簡齋詩集合校彙注》，卷十，頁91。
〔註39〕引自鄭騫：《陳簡齋詩集合校彙注》，卷二十八，頁289。
〔註40〕節自陳望道：《修辭學發凡》，頁95。
〔註41〕引自蔡宗陽：《應用修辭學》，臺北：萬卷樓圖書股份有限公司，2006年3月，頁52。

為了強調說明事物的大與小、重與輕、是與非、善與惡、美
與醜、優與劣、強與弱、喜與憂、苦與樂等截然不同的某一
方面，作者有意識地將兩種相互對立的事物或者同一事物的
對立方面並舉在一起，以對比的方式加以描述，從而使事物
的某一方面分外鮮明突出，或者使某一事物的兩個對立方面
相得益彰，以此來引起讀者加深對事物的某一方面的印象，
這種修辭方式即稱為「映襯」，又稱為「對照」。〔註42〕

綜上所述，映襯修辭為以兩種相反之觀念或事物對立、比較，可讓其中
某一方特別突出，抑或兩方皆互相襯托，使讀者加深印象。

陳與義近體詩中共有 35 首詩使用映襯修辭，如下表所示：

表三十二：陳與義近體詩之映襯修辭

編號	詩　名	體　裁	詩　句
4	〈曼陀羅花〉	五言律詩	「同」時「不同」調。
13	〈和張規臣水墨梅五絕〉之一	七言絕句	從教變「白」卻為「黑」。
22	〈十月〉	七言律詩	欲詣「熱」官憂「冷」語。
43	〈答元方述懷作〉	七言律詩	「來」牛「去」馬無窮債。
61	〈連雨賦書事〉之三	五言律詩	「同」時「不同」味。
73	〈道中寒食〉之二	五言律詩	「有」詩酬歲月，「無」夢到功名。
75	〈次韻謝心老以緣事至魯山〉	七言律詩	「歸時」應與「去時」同。
76	〈友人惠石兩峰巉然取子美玉山高並兩峰寒之句名曰小玉山〉	七言律詩	高「天」厚「地」兩峯閑。
91	〈漫郎〉	七言律詩	「黑」「白」半頭明鏡裏。
95	〈秋試院將出書所寓窗〉	七言絕句	百世窗「明」窗「暗」裏。

〔註42〕引自路燈照、成九田：《古詩文修辭例話》，臺北：商務印書館，1987
年 10 月，頁 191。

102	〈為陳介然題持約畫〉	七言絕句	陂「南」陂「北」聽秋聲。
111	〈赴陳留〉	五言律詩	舊歲「有」三日， 全家「無」十人。
136	〈鄧州西軒書事〉之八	七言絕句	從今「不」仕「可」歸田。
148	〈雨〉	五言律詩	此身「南」復「北」。
153	〈道中書事〉	五言排律	「易」破還家夢， 「難」招去國魂。
156	〈曉發葉城〉	五言律詩	「左」送廉纖月， 「右」揖離披雲。
166	〈送客出城西〉	七言律詩	寒日「滿」川分眾色， 暮林「無」葉寄秋聲。
168	〈無題〉	七言律詩	「舊」喜讀書「今」懶讀。
175	〈雨〉	五言律詩	雲起谷全「暗」， 雨時山復「明」。
193	〈舟次高舍書事〉	七言律詩	「古」「今」出處兩淒涼。
195	〈登岳陽樓二首〉之一	七言律詩	洞庭之「東」江水「西」。
196	〈登岳陽樓二首〉之二	七言律詩	「北」望可堪回白首， 「南」遊聊得看丹楓。
213	〈陪粹翁舉酒於君子亭亭下海棠方開〉	七言律詩	去國衣冠「無」態度， 隔簾花葉「有」輝光。
242	〈奇父先至湘陰書來戒由祿唐路而僕以他故由南洋路來夾道皆松如行青羅步障中先寄奇父〉	七言律詩	竹輿兩面天「明」「滅」。
244	〈別伯共〉	五言律詩	供世「無」筋力， 驚心「有」別離。
264	〈曉發杉木〉	五言律詩	「有」詩還忘記， 「無」酒卻思傾。
269	〈過孔雀灘贈周靜之〉	五言律詩	海內「無」堅壘， 天涯「有」近親。
285	〈山齋〉之一	五言律詩	「寒」「暑」送萬古， 『榮』『枯』各一時。
295	〈村景〉	七言絕句	罾上樓時桑葉「少」， 水鳴車處稻苗「多」。

314	〈次韻謝呂居仁居仁時寓賀州〉	七言律詩	江南今歲「無」胡虜， 嶺表窮冬「有」雪霜。
328	〈泛舟入前倉〉	五言律詩	春去花「無」迹， 潮歸岸「有」痕。
329	〈送熊博士赴瑞安令〉	七言律詩	山林「有」約吾當去， 天地「無」情子亦飢。
331	〈醉中〉	七言律詩	醉中「今」「古」『興』『衰』事。
350	〈得張正字書〉	五言律詩	一觴猶「有」味， 萬事已「無」機。
392	〈賦康平老銅雀硯〉	七言絕句	似教人世寫「興」「亡」。

上表為陳與義近體詩之映襯修辭，陳與義使用了不同種類之映襯修辭，例如方向之映襯、亮度之映襯等等。方向之映襯，如〈曉發葉城〉：「『左』送廉纖月，『右』挹離披雲。」〔註43〕一左一右，即為映襯修辭；亮度之映襯，如〈雨〉：「雲起谷全『暗』，雨時山復『明』。」〔註44〕一明一暗，亦為映襯修辭。

八、對偶

「對偶修辭」，依唐松波、黃建霖《漢語修辭格大辭典》界定為：

把字數相等或大致相等、結構相同或相似、意義相關的兩個句子或詞組對稱排在一起。〔註45〕

黃慶萱《修辭學》更進一步將對偶修辭分為四類：

語文中上下兩句，字數相等，句法相似，平仄相對的，就叫「對偶」。對偶的名目雖多，但從句型上分類，不外乎「句中對」、「單句對」、「複句對」、「長對」四種。〔註46〕

上述三位學者解釋了對偶修辭之定義及分類，而對偶修辭之特色，黃

〔註43〕引自鄭騫：《陳簡齋詩集合校彙注》，卷十六，頁163。

〔註44〕引自鄭騫：《陳簡齋詩集合校彙注》，卷十八，頁184。

〔註45〕引自唐松波、黃建霖：《漢語修辭格大辭典》，臺北：建宏出版社，1996年1月，頁296。

〔註46〕分見黃慶萱：《修辭學》，頁447、457。

麗貞有詳細地說明：

> 對偶是中國語文所特有的文辭結構，它的結構特點是：形式
> 上有對稱整齊的視覺美；內容上能以兩個詞、句，概括出一
> 個鮮明的事理思想，在表達上有凝煉精約之美；因為句詞之
> 間要講究四聲調配，所以在頌讀上有音韻節奏的旋律美。自
> 有語文以來，對偶因著這些好處，又便於記誦，就自然地普
> 遍運用。〔註47〕

因此，可歸納「對偶修辭」為字數相同、結構相似、平仄相對之語詞或句子並列，可分為句中對、單句對、複句對及長對四種。因文句形式整齊、勻稱，故具有視覺美；朗誦時，可感受和諧之音律美，可知對偶修辭能觸發讀者之感官，讓讀者同時擁有視覺及聽覺之享受。

　　陳與義於創作近體詩時，使用了 29 次對偶修辭，其中句中對佔 26 句；單句對僅 3 句，並無使用複句對及長對，統整表如下所示：

表三十三：陳與義近體詩之對偶修辭

對偶類別	編號	詩　名	體　裁	詩　句
句中對	35	〈梅花〉	七言絕句	「高花玉質」照窮臘。
	43	〈答元方述懷作〉	七言律詩	「來牛去馬」無窮債。
	87	〈春日二首〉之二	七言絕句	「萬事一身」雙鬢髮。
	99	〈次韻何文縝題顏持約畫水墨梅花〉之二	七言絕句	「倚窗承月」看熹微。
	109	〈對酒〉	七言律詩	「鳥度雲移」落酒盃。
	145	〈香林〉之三	七言絕句	「碧天殘月」映花枝。
	210	〈再賦〉之四	七言絕句	「青裳素面」天應惜。
	221	〈周尹潛過門不我顧遂登西樓作詩見寄次韻謝之〉之三	七言絕句	「風饕雪虐」君馳去。
	223	〈雨中對酒庭下海棠經雨不歇〉	七言律詩	「天翻地覆」傷春色。

〔註47〕引自黃麗貞：《實用修辭學》，頁291。

	243	〈初識茶花〉	七言絕句	「青裙玉面」初相識。
	251	〈衡嶽道中〉之二	七言絕句	「龍吟虎嘯」滿山松。
	255	〈與王子煥席大光同遊廖園〉	七言絕句	「吟詩把酒」對青春。
	258	〈元日〉	七言律詩	「汀草岸花」知節序。
	262	〈廿棠道中〉	七言絕句	「笋輿礙石」　悠然。
	304	〈題向伯共過硤圖〉之二	七言絕句	「柱天勳業」須君了。
	306	〈題趙少隱清白堂〉之二	七言絕句	「白白青青」兩勝流。
	318	〈次韻大光五羊待耿伯順之作〉	七言絕句	「淡煙斜日」晚荒荒。
	332	〈梅花〉之一	七言絕句	「玉顏紅頷」會稽傴。
	333	〈梅花〉之二	七言絕句	「小瓶春色」　枝斜。
	341	〈題崇蘭圖〉之二	七言絕句	「松聲水色」一時新。
	346	〈觀雪〉	七言絕句	「瓊樓玉宇」總無塵。
				「開門倚杖」移時立。
	382	〈次韻邢子友〉	七言律詩	「青松遠嶺」偏驚眼。
	385	〈某以雨有嘉應遂占有秋輒採用家弟韻賦二絕句少贊勤卹之誠也〉之二	七言絕句	「紀德刊碑」不厭豐。
				「拔薤栽榆」未當功。
	386	〈梅〉	七言絕句	「愛歌纖影」上窗紗。
單句對	283	〈題水西周三十三壁〉之一	七言絕句	「青山隔岸」迎人去，「白鷺衝煙」送酒來。
	309	〈石限病起〉	七言絕句	「六尺屏風」遮宴坐，「一簾細雨」獨題詩。
	339	〈題畫〉	七言絕句	「萬里家山」無路入，「十年心事」與誰論。

上表為陳與義近體詩中之對偶修辭，如〈對酒〉：「『鳥度雲移』落酒盃。」〔註48〕其中，「鳥度雲移」分為前兩字與後兩字，「鳥度」結構為名詞、

〔註48〕引自鄭騫：《陳簡齋詩集合校彙注》，卷十二，頁118。

動詞;「雲移」之結構亦為名詞、動詞。平仄方面,「鳥度」皆為仄聲字;
「雲移」皆為平聲字,平仄相對,此即對偶修辭。再如〈次韻大光五羊
待耿伯順之作〉:「『淡煙斜日』晚荒荒。」〔註49〕「淡煙」對「斜日」,
兩個詞組之結構皆為形容詞、名詞,「淡煙」為仄聲字、平聲字組成,而
「斜日」則是平聲字、仄聲字構成,平仄相反,亦為對偶修辭。

九、譬喻

　　根據黃慶萱《修辭學》一書,譬喻修辭之定義為:

> 譬喻是一種「借彼喻此」的修辭法,凡二件或二件以上的事
> 物中有類似之點,說話作文時運用「那」有類似點的事物來
> 比方說明「這」件事物的,就叫譬喻。〔註50〕

譬喻修辭的構成,可從「喻體」、「喻詞」、「喻依」這三部分來討論。所
謂「喻體」,即是要說明的主要事物;所謂「喻詞」,是連接「喻體」和
「喻依」之間的語詞;所謂「喻依」,則是要用來做比方的另一事物。
黃慶萱依照此三要素之有無、變化,將譬喻修辭分為五類:

> 譬喻可分明喻、隱喻、略喻、借喻、假喻五種。
>
> 一、明喻:凡喻體、喻詞、喻依三者具備的譬喻,叫作明喻。
>
> 二、隱喻:凡具備喻體、喻依,而喻詞由「是」、「為」代替
> 　　　者,叫作隱喻。
>
> 三、略喻:凡省略喻詞,只有喻體、喻依的譬喻,叫作略喻。
>
> 四、借喻:凡將喻體、喻詞省略,只剩下喻依的,叫作借喻。
>
> 五、假喻:假喻實在不是譬喻,它沒有喻體,也沒有喻依,
> 　　　雖然也用「譬如」、「比方」等詞,但是舉例性質,也不
> 　　　能算喻詞。〔註51〕

黃永武將譬喻稱作「比擬」,他認為:

〔註49〕引自鄭騫:《陳簡齋詩集合校彙注》,卷二十七,頁283。

〔註50〕引自黃慶萱:《修辭學》,頁227。

〔註51〕分見黃慶萱:《修辭學》,頁231～240。

　　比擬的好處，就是把不易形容盡態的話，藉比擬來充分表達，

　　一經比擬，就無庸繁瑣的形容了。〔註52〕

由上述可知，「譬喻」是藉由有相似處之事物說明另一事物之修辭，可分為明喻、隱喻、略喻、借喻、假喻五類。譬喻修辭可更細膩、精準地表達語意；精彩的譬喻修辭「可以使事物突然清晰起來，複雜的道理突然簡明起來，而且形象生動，耐人尋味」〔註53〕。

　　陳與義創作近體詩時，使用了 18 次明喻技巧；2 次略喻技巧；5 次借喻技巧，並沒有使用隱喻、假喻，共計使用譬喻修辭 25 次，如下表所示：

表三十四：陳與義近體詩之譬喻修辭

譬喻類型	編號	詩　名	體　裁	詩　句
明喻	63	〈趙虛中有石名小華山以詩借之〉	七言律詩	小怱如夢慰平生。
	68	〈蠟梅四絕句〉之四	五言絕句	一似此園中。
	96	〈秋日〉	七言絕句	光景渾如初夏時。
	161	〈題繼祖蟠室〉之二	七言絕句	打包隨處野僧如。
	168	〈無題〉	七言律詩	六經在天如日月。
	169	〈正月十六日夜二絕〉之一	五言絕句	滿山如龍蛇。
	183	〈與夏致宏孫信道張巨山同集澗邊以散髮巖岫為韻賦四小詩〉之二	五言絕句	水紋如紺髮。
	205	〈火後借居君子亭書事四絕呈粹翁〉之三	七言絕句	微風如在竹林時。
	222	〈城上晚思〉	七言絕句	落日君山如畫圖。
	230	〈贈傅子文〉	七言律詩	蘆叢如畫斜陽裏。
	237	〈再賦二首呈奇父奇父自號七澤先生〉之二	七言絕句	先生莫道心如鐵。

〔註52〕引自黃永武：《字句鍛鍊法》，臺北：洪範書局，2003 年 11 月，頁 23。
〔註53〕參見沈謙：《修辭學》，臺北：國立空中大學，1995 年 1 月，頁 3。

	276	〈羅江二絕〉之一	七言絕句	灑面風吹作飛雨。
	287	〈散髮〉	七言律詩	百年如寄亦何為。
	313	〈戲大光送酒〉	七言絕句	折得嶺頭如玉梅。
	364	〈九月八日戲作兩絕句示妻子〉之一	五言絕句	都如未病時。
	377	〈和孫升之〉	七言律詩	處心如水尚書市。
	379	〈某竊慕東坡以鐵拄杖為樂全生日之壽今以大銅缾上判府待制庶幾因物以露區區且作詩二首將之亦東坡故事〉之一	七言律詩	項似董宣真是強，腹如邊孝故應便。
	395	〈余識景純家弟出其詩見示喜其同臭味也輒用大成黃字韻賦八句贈之〉	七言律詩	可愛懸知似楊柳。
略喻	228	〈五月二日避貴寇入洞庭湖絕句〉	七言絕句	鼓發嘉魚千面雷。
	384	〈某以雨有嘉應遂占有秋輒採用家弟韻賦二絕句少賮勤卹之誠也〉之一	七言絕句	雲氣初看龍起湫。
借喻	121	〈寶園醉中前後五絕句〉之四	七言絕句	臙傾老子樽中玉。
	214	〈春夜感懷寄席大光〉	七言律詩	孤鶴歸期難計年。
	282	〈傷春〉	七言律詩	孤臣霜髮三千丈。
	291	〈寄大光二絕句〉之一	七言絕句	心折零陵霜入鬢。
	338	〈題伯時畫溫溪心等貢五馬〉	七言絕句	同看聯翩五疋龍。

上表為陳與義近體詩中之譬喻修辭，譬喻修辭可使事物更鮮明，如〈贈傅子文〉：「蘆叢如畫斜陽裏。」〔註54〕彷彿可見蘆叢倒映出斜陽之光芒，建構出一幅優美之風景畫；又如〈某以雨有嘉應遂占有秋輒採用家弟韻賦二絕句少賮勤卹之誠也〉之一：「雲氣初看龍起湫。」〔註55〕此

〔註54〕 參見鄭騫：《陳簡齋詩集合校彙注》，卷二十一，頁218。
〔註55〕 參見鄭騫：《陳簡齋詩集合校彙注》，外集，頁348。

句省略喻詞，即為略喻。形容雲霧之氣如同蟠龍般翻滾、繚繞，將景色
生動地呈現於讀者眼前；再如〈春夜感懷寄席大光〉：「孤鶴歸期難計
年。」〔註56〕此句僅有喻依「孤鶴」，即為借喻。陳與義以「孤鶴」譬
喻自己客居異鄉之心境，深刻表現了孤寂寥落之感。

十、誇飾

《文心雕龍‧誇飾》云：

> 自天地以降，豫入聲貌，文辭所被，夸飾恆存。雖詩書雅言，
> 風格訓世，事必宜廣，文亦過焉。是以言峻則嵩高極天，論
> 狹則河不容舠，說多則子孫千億，稱少則民靡孑遺。〔註57〕

可知誇飾修辭淵遠流長，且被廣泛地使用。黃慶萱說明誇飾修辭之定
義為：

> 言文中誇張鋪飾，超過了客觀事實的，叫作「誇飾」。誇飾的
> 對象，有空間的，時間的，物象的，人情的種種。〔註58〕

陳正治則從字義解釋「誇飾修辭」：

> 依照字義來說，誇就是誇張，飾就是修飾。說話或作文，為
> 了強調或突出客觀事物的本質，應用擴大或縮小的方法加以
> 誇張修飾的，就是誇飾修辭法。〔註59〕

陳望道則稱「誇飾」為「鋪張」，其定義「鋪張修辭」為：

> 說話上張皇鋪飾過於客觀的事實處，名叫鋪張辭。說話上所
> 以有這種鋪張辭，大抵由於說者當時，重在主觀情意的暢發，
> 不重在客觀事實的記錄。我們主觀的情意，每當感動深切時，
> 往往以一當十，不能適合客觀的事實。〔註60〕

〔註56〕　參見鄭騫：《陳簡齋詩集合校彙注》，卷二十，頁 206。
〔註57〕　引自（梁）劉勰：《文心雕龍》，卷八，頁二左半～三右半。
〔註58〕　分見黃慶萱：《修辭學》，頁 213、214。
〔註59〕　引自陳正治：《修辭學》，臺北：五南圖書出版股份有限公司，2006 年
　　　　　4 月，頁 285。
〔註60〕　引自陳望道：《修辭學發凡》，頁 131。

綜上所述，誇飾修辭指說話行文時誇張鋪飾，已超越客觀事實，可應用於各方面，如空間、時間、人情等等，用以強調事物本質或抒發情意。

　　陳與義於創作近體詩時，較少使用誇飾修辭，僅有 9 例，統整表如下：

表三十五：陳與義近體詩之誇飾修辭

編號	詩　名	體　裁	詩　句
65	〈蠟梅四絕句〉之一	五言絕句	中有萬斛香。
146	〈香林〉之四	七言絕句	一入香林更不醒。
147	〈春雨〉	五言律詩	孤鶯啼永晝。
177	〈出山〉之一	五言絕句	石崖千丈碧。
179	〈入山〉之一	五言絕句	一暮都開遍。
184	〈與夏致宏孫信道張巨山同集潤邊以散髮巖岫為韻賦四小詩〉之三	五言絕句	舉頭山圍天。
282	〈傷春〉	七言律詩	孤臣霜髮三千丈。
303	〈題向伯共過硤圖〉之一	七言絕句	興罷歸來雪一船。
343	〈劉大資挽詞〉之一	五言律詩	千年淚染衣。

〈蠟梅四絕句〉之一：「中有萬斛香。」〔註61〕形容梅花香味芬芳，以「萬斛香」加以描述，誇大了花香程度，藉以強調本質；又如〈傷春〉：「孤臣霜髮三千丈。」〔註62〕陳與義自述白髮已長達三千丈，超過了客觀事實，以誇飾修辭強調感慨無奈之情。

第二節　寫作特色

一、數字之運用

　　在詩文中加入數字，不僅可以讓所欲表達之內容具象化，有時亦

〔註61〕參見鄭騫：《陳簡齋詩集合校彙注》，卷八，頁 73。
〔註62〕參見鄭騫：《陳簡齋詩集合校彙注》，卷二十六，頁 263。

可以增添內容的活潑性，增加詩的韻味，一舉數得〔註63〕。陳海燕表示：「數字之所以在各種形式的語言交際中受人們的青睞，是因其與語言結合能創造特殊的語境效果和意境效果，增強語言的表現力，深化思想感情的表達。」〔註64〕孫敏說明數字在古典詩歌中之美學：

> 數字在詩歌中起到的美學作用，主要表現在以下幾方面：
>
> （一）意境更加深邃高遠和富於想像：……詩歌中恰當地運
> 　　　用數字使意境更具時空感。……他們在詩歌中無不感
> 　　　天嘆地，將廣袤的空間和永恆的時間融入詩歌創作
> 　　　中，從而使意境更加深邃悠遠。
>
> （二）富有節律變化的和諧美：數字運用在詩歌中，除了表
> 　　　達一種量的概念外，還主要用於一連串的對偶。……
> 　　　數字對稱的方式本身就包含著和諧的韻律美。……數
> 　　　字本身短促而又響亮的發音，也可以增強詩歌語言內
> 　　　在的韻律。
>
> （三）逐層深入的奇異美：數字在詩歌中的作用之一，就是
> 　　　構成一種特殊的意境，並由這種已知的意境引向未知
> 　　　的意境，……數字的遞進正是遵循這一審美規律，不
> 　　　斷將讀者的思維引向深入，使之能獲得新穎、奇異的
> 　　　意境。〔註65〕

由上述可知，將數字加入詩歌中，能創造更深遠之意境效果，亦能形成和諧之音律，進一步增添詩歌之渲染力及韻味。筆者今將陳與義運用數字之詩句加以統整，並以下表略舉數例：

〔註63〕 意引劉彥宏：《杜甫草堂詩研究》，明道大學國學研究所，碩士論文，
　　　　2009年6月，頁206。

〔註64〕 參見陳海燕：〈數字在漢詩中的意境效果〉，《廣東工業大學學報》，第
　　　　9卷第5期，2009年10月，頁77。

〔註65〕 節自孫敏：〈古典詩歌中的數字表現手法及其審美意義〉，《汕頭大學學
　　　　報》，第21卷第5期，2005年，頁62～63。

表三十六：陳與義近體詩中數字之運用

數字	編號	詩　名	體　裁	詩　句
一	28	〈即席重賦且約再遊〉之一	七言律詩	「一」笑得君天所借。
	55	〈謝楊工曹〉	七言律詩	攜書「一」束謾娛身。
	72	〈道中寒食〉之一	五言律詩	「一」官違壯節。
二	170	〈正月十六日夜二絕〉之二	五言絕句	「二」更風薄竹。
三	131	〈鄧州西軒書事〉之三	七言絕句	瓦屋「三」間寬有餘。
	158	〈同繼祖民瞻遊賦詩亭〉之二	七言絕句	冥冥青竹鳥「三」呼。
	224	〈尋詩兩絕句〉之一	七言絕句	楚酒困人「三」日醉。
四	184	〈與夏致宏孫信道張巨山同集澗邊以散髮巖岫為韻賦四小詩〉之三	五言絕句	「四」士集空巖。
	197	〈巴丘書事〉	七言律詩	「四」年風露侵遊子。
五	155	〈至葉城〉	五言律詩	遙憐「五」歲雛。
	387	〈蒙知府寵示秋日郡圃佳製遂侍杖屨逍遙林水間輒次韻四篇上瀆台覽〉之一	五言律詩	鏗然「五」字律。
六	139	〈晚步順陽門外〉	七言律詩	「六」尺枯藜了此生。
	168	〈無題〉	七言律詩	「六」經在天如日月。
七	126	〈寓居劉倉廨中晚步過鄭倉臺上〉	七言律詩	子美登臺「七」字詩。
八	254	〈跋江都王馬〉	七言絕句	此日鬉前「八」尺龍。
九	117	〈感懷〉	七言律詩	搜詩空費「九」迴腸。
	402	〈徙舍蒙大成賜酒〉	七言律詩	「九」流賓客未嫌貧。
十	74	〈龍門〉	七言律詩	不到龍門「十」載強。
	329	〈送熊博士赴瑞安令〉	七言律詩	悲歡各誦「十」年詩。
百	259	〈道中〉	五言律詩	掀泥「百」草芽。

	373	〈和若拙弟得陪游後園〉之二	七言絕句	儒士「百」篇蔡莫腸。
千	45	〈六言〉之二	六言絕句	種竹可侔「千」戶。
	91	〈漫郎〉	七言律詩	丹青「千」樹惡風前。
萬	201	〈除夜〉之二	七言絕句	「萬」里江湖憔悴身。
	280	〈夏夜〉	五言律詩	遠遊「萬」事裂。
	317	〈與大光同登封州小閣〉	七言律詩	「萬」本梅花為我壽。

陳與義之近體詩中，運用之數字如一、二、三、四、五、六、七、八、九、十、百、千、萬，十分豐富、多元，具有畫龍點睛之效。統計各數字使用之次數、比例後，數據請見下表：

表三十七：陳與義近體詩中數字之運用次數及比例

數　字	運用次數	運用比例
一	146	31.9%
二	7	1.5%
三	64	14%
四	17	3.7%
五	17	3.7%
六	13	2.8%
七	4	0.9%
八	2	0.4%
九	27	5.9%
十	34	7.4%
百	38	8.3%
千	38	8.3%
萬	51	11.1%

由上表可知，於眾多數字中，陳與義使用「一」的次數最為頻繁，共使用 146 次，佔整體運用比例 31.9%，而數字「一」之運用，古遠清曾

說：「第一，在詩歌創作中，『一』這個數量詞出現的頻率遠比其他數詞為多；第二，『一』和三、九、百、千、萬不同，通常用來實指，但恰恰又是這個最普通的『實數』，包容著不同的涵義，具有豐富多樣的感情色彩。」〔註66〕運用次數次多者為「萬」，用大數字加以誇飾、強調事物或情緒；使用次數最少者則為「七」及「八」。

二、色彩之巧用

詩人於創作詩歌時，為了讓欲傳達之詩意「歷歷如繪」，往往會取法繪畫表現手法中「色彩」的概念，藉由色彩詞之巧用，營造出詩人所要的情境，讓讀者在腦海中拼湊出逼真生動之視覺形象〔註67〕。「詩歌的色彩感也就是指聲音或文字符號傳送到大腦後，在人的想像中引起的色彩感受。詩人總是去搜索那些富有色彩的詞語，以多彩的畫面去揭示一定的生活哲理和抒發內在情感」〔註68〕。以下列舉王力《漢語詩律學》所論述之顏色字，並且依色系歸類：

青色系：碧、綠、青、翠、蒼、紫等。

白色系：白、素、銀等。

黃色系：黃、褐、金等。

紅色系：紅、朱、丹、赤等。

黑色系：黑、墨、玄、烏等。

其他色系：粉、彩等。〔註69〕

筆者依照上述之色系分類，統整、歸納陳與義近體詩中之色彩字，略舉數例於下表：

〔註66〕參見古遠清、孫光萱：《詩歌修辭學》，臺北：五南出版社，1997年6月，頁61。

〔註67〕意引蕭雅蓮：《白居易新樂府詩語言藝術研究》，國立彰化師範大學國文研究所，碩士論文，2006年7月，頁154。

〔註68〕參見夏爽：《古典詩歌中的語言文字美——文采及其表現方式》，頁8。

〔註69〕此處之色系分類依張雯華：《東坡詞色彩意象析論》，臺北：國立臺灣師範大學國文研究所，碩士論文，2003年6月，頁34～35。

表三十八：陳與義近體詩中色彩之巧用

色系	編號	詩　名	體　裁	詩　句
青色系	87	〈春日二首〉之二	七言絕句	轉眼桃梢無數「青」。
	96	〈秋日〉	七言絕句	槐花落盡全林「綠」。
	119	〈竇園醉中前後五絕句〉之二	七言絕句	日暮「紫」綿無數開。
	177	〈出山〉之一	五言絕句	石崖千丈「碧」。
	275	〈山中〉	七言律詩	「蒼」峯晴雪錦離離。
白色系	9	〈酴醾〉	五言律詩	「白」日照繁香。
	15	〈和張規臣水墨梅五絕〉之三	七言絕句	惟恨緇塵染「素」衣。
	115	〈對酒〉	七言律詩	「白」竹扉前容醉舞。
	247	〈江行野宿寄大光〉	七言律詩	天地無情「白」髮長。
	404	〈用大成四柱坊韻賦詩贈令狐昆仲〉	七言律詩	鄉人洗眼看「銀」黃。
黃色系	42	〈西郊春事漸入老境元方欲出遊以無馬未果今日得詩又有舉鞭何日之歎因次韻招之〉	七言律詩	欲唱「金」衣無杜秋。
	394	〈早行〉	七言絕句	露侵駝「褐」曉寒輕。
紅色系	21	〈以事走郊外示友〉	七言律詩	「紅」葉無言秋又歸。
	196	〈登岳陽樓二首〉之二	七言律詩	南遊聊得看「丹」楓。
	353	〈櫻桃〉	七言絕句	「赤」瑛盤裏雖殊遇。
黑色系	99	〈次韻何文縝題顏持約畫水墨梅花〉之二	七言絕句	「墨」池雪嶺春俱好。
	311	〈題道州甘泉書院〉	七言律詩	甘泉坊裏林影「黑」。
其他色系	239	〈十三日再賦二首其一以贊使君是日對花賦此韻詩筆落縱橫而郡中修水戰之具方大閱於燕公樓下也其一自敘所感憶年十五在杭州始識此花皆三丈高木嘗賦詩焉〉之二	七言絕句	向日擎殘須「彩」鳳。

由上表可知，陳與義創作時使用過各類色彩字，讓詩句充滿五彩繽紛之視覺效果，呈現出栩栩如生之畫面。而使用次數及比例經統計後，如下表所示：

表三十九：陳與義近體詩中色彩之運用次數及比例

色　系	色彩字	運用次數	總　計	比　例
青色系	碧	9	93	44.5%
	綠	14		
	青	48		
	翠	4		
	蒼	14		
	紫	4		
白色系	白	58	64	30.6%
	素	4		
	銀	2		
黃色系	黃	1	9	4.3%
	褐	2		
	金	6		
紅色系	紅	16	28	13.4%
	朱	2		
	丹	7		
	赤	3		
黑色系	黑	4	13	6.2%
	墨	3		
	玄	1		
	烏	5		
其他色系	粉	1	2	1%
	彩	1		

整體而言，陳與義運用青色系之色彩字最多，在青色系中，又以「青」色使用最頻繁，「青色是一種莊重典雅的顏色，與其它顏色詞不同的是，青色本身就具有濃厚的文人氣息，深厚的文化底蘊，……總會在不經意間給人一種親切、柔和、寧靜、希望和優雅之感」〔註70〕。而單就色彩字而言，則以「白」色運用最多次，共有 58 次，詩句中較常出現「白日」、「白髮」等詞語。由此可知，陳與義寫作時喜愛以青色系顏色及白色妝點詩歌。

　　總結第四章節，統整、分析陳與義近體詩之修辭技巧、寫作特色。第一節整理摹寫、類疊、轉化、倒裝、借代、映襯、設問、對偶、譬喻、誇飾等十項修辭，以摹寫修辭為多數，陳與義將所見所感細膩地以文字呈現，展現了優越之用字技巧。第二節則探討詩作中數字之運用、色彩之巧用，數字方面，運用「一」最多；色彩方面，使用青色系及白色為多，巧妙地融入數字或色彩於詩歌中，可見其創作之匠心獨具，更顯其詩歌之獨特與不凡。

〔註70〕節自付婭：〈淺談山水詩中顏色詞的涵義——以王維山水詩中顏色詞為例〉，《科技視界》，第 16 期，2017 年 6 月，頁 111。